小云雀跳起

做自己的
正能量偶像

ȚUP
ȘI INFLUENȚERII BINELUI

［罗］亚历克斯·多诺维奇（Alex Donovici） 著

［罗］斯泰拉·达马斯金－波帕（Stela Damaschin-Popa） 绘

君米 译

CTS ⑪ 湖南少年儿童出版社 小博集
HUNAN JUVENILE & CHILDREN'S PUBLISHING HOUSE
·长沙·

Hoppy the Lark: And the Good Influencers
by Alex Donovici & Stela Damaschin-Popa
Copyright © Curtea Veche Publishing, 2022

著作权合同登记号：字 18-2023-265

图书在版编目（CIP）数据

做自己的正能量偶像 /（罗）亚历克斯·多诺维奇（Alex Donovici）著；（罗）斯泰拉·达马斯金‒波帕（Stela Damaschin-Popa）绘；君米译 .‒‒ 长沙：湖南少年儿童出版社，2024.8
（小云雀跳跳）
ISBN 978-7-5562-7677-6

Ⅰ.①做… Ⅱ.①亚… ②斯… ③君… Ⅲ.①儿童小说‒短篇小说‒罗马尼亚‒现代 Ⅳ.① I542.84

中国国家版本馆 CIP 数据核字（2024）第 108907 号

XIAO YUNQUE TIAOTIAO ZUO ZIJI DE ZHENGNENGLIANG OUXIANG

小云雀跳跳 做自己的正能量偶像

[罗] 亚历克斯·多诺维奇（Alex Donovici）　 著
[罗] 斯泰拉·达马斯金‒波帕（Stela Damaschin-Popa）　 绘
君米　译

责任编辑：张　新　李　炜　　　　策划出品：李　炜　张苗苗
策划编辑：王　伟　　　　　　　　特约编辑：杜天梦
营销编辑：付　佳　杨　朔　苗秀花　版式排版：马俊赢
封面设计：马俊赢　　　　　　　　版权支持：王立萌
出 版 人：刘星保
出　　版：湖南少年儿童出版社
地　　址：湖南省长沙市晚报大道 89 号　　邮　编：410016
电　　话：0731-82196320
常年法律顾问：湖南崇民律师事务所 柳成柱律师
经　　销：新华书店
开　　本：875 mm×1230 mm　1/32　　印　刷：天津联城印刷有限公司
字　　数：70 千字　　　　　　　　　　印　张：5.25
版　　次：2024 年 8 月第 1 版　　　　　印　次：2024 年 8 月第 1 次印刷
书　　号：ISBN 978-7-5562-7677-6　　定　价：32.80 元

若有质量问题，请致电质量监督电话：010-59096394　团购电话：010-59320018

角色介绍

跳跳

一只生来就没有翅膀的小云雀，曾经被妈妈忍痛抛弃，万幸被呜呼发现。跳跳坚强、勇敢、善良，深爱着自己的朋友们，愿意为他们做任何事情。

呜呼

一只吃素的猫头鹰，也是森林里最有智慧的动物。他也被称为"森林幽灵呜呼"，因为他有一双橙色的大眼睛，经常在夜晚去森林里巡视，其实他只是想看看有没有动物需要帮助。

闪电球

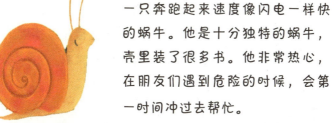

一只奔跑起来速度像闪电一样快的蜗牛。他是十分独特的蜗牛，壳里装了很多书。他非常热心，在朋友们遇到危险的时候，会第一时间冲过去帮忙。

1

命啊

一只体形很大的渡鸦。他曾经是一个胆小鬼，总是会被莫名其妙的事物吓到。后来，在呜呼和跳跳的帮助下，他克服了恐惧，成了森林里最勇敢的动物。

英俊

一只极度爱美的火鸡，不管什么时候，都在欣赏自己的美貌。虽然他自恋又自大，但朋友们遇到危险时，他却能勇敢地站出来。

蝗虫总

一只有时候会z、c不分的蝗虫。他曾经在森林里开了一家商店，给森林里的动物带来了不小的伤害，后来跳跳感化了他，他决定留在森林里，全心全意地为森林做些好事。

目　录

第一章　完美的生活 …………………………………… 001

第二章　大清早的意外来客 …………………………… 006

第三章　项圈王子和肌肉猛男 ………………………… 014

第四章　忧虑笼罩了森林 ……………………………… 023

第五章　森林偶像们 …………………………………… 029

第六章　深陷互联网 …………………………………… 035

第七章　偶像是怎样炼成的 …………………………… 045

第八章　大逃脱 ………………………………………… 053

第九章　镜子里的影子 ………………………………… 060

第十章　网络的受害者们 ……………………………… 066

第十一章　去地下王国……………………………082

第十二章　被表象欺骗……………………………093

第十三章　石头心…………………………………099

第十四章　地下王国的各种谜团………………… 103

第十五章　深渊之上……………………………… 110

第十六章　你在你爱的人身上看到了什么？……… 120

第十七章　不被看见的王国里的奇景…………… 129

第十八章　看不见的生活里的奇迹……………… 138

第十九章　正能量偶像…………………………… 152

第二十章　世界重归美好………………………… 159

第一章
完美的生活

森林正缓缓地醒过来。黑夜小心翼翼地覆盖了大地这么长时间，终于准备去睡觉了，好让其他人从睡梦中醒来。她拉上云朵窗帘之前，月亮通知了太阳来接替她值班。

新的一天又开始了。

跳跳一大早就醒了。她睡眼蒙眬地伸了个懒腰，又抖了抖羽毛，让自己精神起来。她取回巢外坚果壳里的新鲜露水，洗干净了自己的小脸和喙，然后换上校服，将课本和笔记本塞进书包。

跳跳啄了几口种子，喝了点水，坐在书桌前打开了她的平板电脑。

她打开一个搜索引擎，用她的喙在搜索栏里敲

下"森林微博"。

等这个网站打开，跳跳搜索起了粉甜甜的消息。她的屏幕一下子被上百张正在加载的图片填满了。不过几秒钟，跳跳就欣赏到了粉甜甜最新上传的照片。照片中粉甜甜靠在不知哪个沙滩的一棵棕榈树上。大海中涌起的那些泛着泡沫的海浪轻轻地拍在她的腿上。她的腿不如鹳的修长，但肯定比跳跳的长。粉甜甜涂了口红和睫毛膏，优雅地舒展着双翅。阳光投射在这座异国的岛屿上，为她的翅膀镀上一层金边。

照片旁配着以下文字，是粉甜甜自己写的：

这就是所有人梦寐以求的。我如此美丽，我的生活如此完美。你想像我一样吗？

不到一天，她的微博就收获了数千个赞。显然，大家都很喜欢她。评论区里充满了她的狂热粉丝的溢美之词："当然，我就想成为像你这样的鸟！""你真美！""我这辈子从没见过这么美的鸟！""绝美！""美呆了！""我爱你，你是无与伦比的，我真希望能和你一样！口红哪里买的？""你是我的偶像！"诸如此类，连绵不绝。

跳跳叹了口气，又点开了粉甜甜过去几天陆续上传的照片。她一直在四处旅游：高山度假村、豪华的双层鸟别墅（其实就是一个双层鸟窝）、美丽的湖泊，一个地方接着一个地方……每张照片的重点都是她的妆容和造型。她非常精致、时尚，又很擅长混搭，不比时尚杂志封面上的模特差！

跳跳关掉了她的平板电脑。她挎好书包，准备出门，又突然停下了脚步。她的房间里有一面镜子。她走过去，站在镜子前，专注地看着自己，目光滑过自己的喙、眼睛、小小的脚、没有翅膀的身体，最后停留在她朴素的校服上。

她又叹了口气，转身出了门。

第二章

大清早的
意外来客

　　蝗虫总拉起百叶窗帘、打开窗户时，太阳才刚刚升起。他最近新开了一家小商店，就在离森林学校很近的地方。不，他不打算再像过去那样，将酥片和电脑游戏卖给森林里的动物们，让自己发财致富。或许你还记得那段难过的日子，所有的幼兽、雏鸟都沉迷于电脑游戏和蛋黄酱酥片，直到生了病。是的，那段时间太可怕了。

这只身材瘦小但精力充沛的蝗虫早已告别了往日的胡闹，洗心革面了。如今他为自己落脚的这个地方做了很多事情，人人都爱戴他。他是这所他一手建立的学校的管理员，还是这家保障孩子们饮食的商店的店长，这样他们就能更好地学习。蝗虫总将这家商店的所有收益都用于学生福利。他每天为学校餐厅供应健康营养的餐食，让学生们都享受到皇室般

的待遇。他甚至还会在节日或者学年末的庆祝活动上为学生们准备惊喜大礼包。最后，他还要检查卫生，保证学校每天都干净整洁。他真的是最佳管理员，勤勉、努力、周到、得体、细致，并且不知疲倦。

所以，太阳才刚刚升起，淡红的光线刚透过洁净的大窗户投进商店，蝗虫总已经将最新到货的商品都陈列到木头架子上了。他看了看墙上的布谷鸟挂钟——没错，里面真的有只布谷鸟，而整个挂钟实际上是他的鸟巢——现在是早上六点。他敢肯定第一个客人至少要一个小时后才会出现，因为没有人会不到七点就来买东西。他还有一点时间上架商品、打扫柜台、清理书籍，再给柜台上的陶土花瓶插一束鲜切花。

然而……

他正拿着一根小得惊人的拖把拖地时——对你来说真的很小，亲爱的读者朋友，可能得用放大镜才能看见——眼角的余光看到有个东西来到了他的商店门口。那东西移动得很快，像一个疯狂的钟摆，左边，右边，左边！或者说像在球场上跳动的网球！蝗虫总扔下拖把，两步跳到门口。他一把拉开门，那个像网球一样的幽灵正好停在他面前。这个幽灵的个头没比他大多少，但样子看起来奇怪多了。他戴着一顶优雅的宽沿帽子，帽子上还有一条华丽的丝带，像八十年前的人戴的，或者是老电影里的黑帮分子戴的。这个生物还架着一副太阳眼镜，尽管阳光并不耀眼。而且他的眼睛并不在脸上，而是支棱在他的头顶。他的身体被裹在一件外套里，似乎藏住了背上某个鼓鼓的东西。这家伙还留着小胡子。没错，小胡子，更准确地说是小八字胡。

蝗虫总忍俊不禁。

"你这么早来干森（什）么，闪电球？"

我得再提醒你一次，蝗虫总有些音发不标准，但他已经尽力了。

那生物什么也没说，显然很不满这么轻易就被认出来了。没错，他就是蜗牛闪电球，森林里的速度王者。不过他的愤怒没持续多久，很快他便模仿着蝗虫总的语气回答道："干森（什）么，干森（什）么？干正事！你又在干森（什）么？我不是闪电球，你认错了！我四（是）一个神秘的顾客。绝对不能透露姓名。我来这儿四（是）个秘密！顶级机密，我告诉你！所以，你开了家商店，欸？有哑铃吗？我要买几个哑铃！"

蝗虫总笑得忍不住咧开了嘴，还在攀爬的太阳调皮地往他的金牙上投了一道阳光。真闪！他在努力忍着不笑出声。

"哑铃？你四（是）说那个用来让你变强壮的东西吗？"

"是的，就是那个。我要最小最重的。"闪电球狂躁地回答。

他反应强烈地往四周看了一眼，担心有其他顾客认出他。

"可四（是）你想用它们做森（什）么呢？"

"当然是用它们来锻炼肌肉！难道我会用它们来煮土豆吗？"

"呃，可问题四（是）你没有手，也没有脚！你嗦（说）的肌肉是指森（什）么？"

"说实话，这不关你的事，我只不过是为了告诉你我在找什么样的哑铃。我想锻炼我脖子上的肌肉。我会用我的牙齿咬住哑铃上下摆动我的脖子，仰起、落下，仰起、落下。很快我的脖子就会变得肌肉强健。我就会成为颈肌最发达的蜗牛。我会拥有六块颈肌。到时候所有人都会羡慕我，都会想成为我这样！"

蝗虫总笑不出来了。他……困惑了。

"可你为森（什）么想要拥有六块颈肌？而且请你告诉我，为森（什）么你觉得每个人都想像你一样有六块颈肌？"

"你什么也不懂，小伙计！你整天就待在你这个小商店里，当然什么也不知道！你不了解最新潮流！你对神奇的互联网世界一无所知！我很快就会有几百万，不，几千万粉丝，他们会给我几百万的点赞和几百万的收藏！你听得满头雾水吧，老弟，呵呵……我就要成为红……"

但他没能把话说完，因为森林里突然传来一些动静。哗啦啦，丁零零，当啷啷。是有节奏的金属撞击声。听起来像是有人拎着一个装满硬币的钱袋子走过来了，每走一步就晃一下。这种丁零当啷的声音停下时，外面传来一阵痛苦的呻吟声。

第三章

项圈王子
和肌肉猛男

"天哪，我可怜的头，我可怜的腿，我可怜的脖子……我要晕倒了！我一步也走不动了！不，我能行，我要继续，当偶像不是一件容易的事……我真的一步也走不动了。我废了。这些该死的小饰品有一吨半重，它们要勒死我了，我的眼睛会鼓得像蜗牛一样。天哪！"

声音的主人从树丛间走出来，走向蝗虫总的商店。他到达商店之前，目光先落在蝗虫总身上，接着落在了那个留着八字胡、戴着怪帽子的神秘购物者身上。他猛地顿住脚步，发出巨大的一声脆响。

蝗虫总和闪电球已经看到他了，但他们正尽力辨认他是谁。很明显，他是一只大鸟，而且他穿着裙子，还有一个长长的红下巴。但无论是他的裙子，还是他的下巴，看起来都不如戴在脖子上的金属项圈奇怪，那些圈圈让他的脖子像一根杆子一样僵硬地竖着。蝗虫总很快就认出了这一大早的第二个意外来客："我以为这个早丧（上）不会再有森么让我震惊了，但你证明了我四（是）错的，火鸡英俊！"

闪电球忘了自己要维持神秘顾客的身份，大笑起来："哈哈，要是一下雨，你就会整个锈起来！小心点，你可能会被一道闪电击中，直接把你电傻！要是有人拿着一块吸铁石经过这里，你会一头栽过去！哈哈！"

他的声音出卖了他，英俊立刻认出了他是谁。

"你这个留胡子的老蜗牛，我至少走路的时候能看见路！你的这副太阳眼镜是怎么回事？太阳都还没升起来！你会直接爬到树上，或者掉进哪个洞里！还有，你鼻子下那个黑乎乎的东西是什么？你是给自己画了两道胡子吗？真难看！"

闪电球的脸都涨红了，他迅速摆好姿势，准备扑向英俊。但蝗虫总让他俩冷静了下来："好了，好了，两位，没必要火气这么大。你俩可四（是）最好的朋友！"

英俊和闪电球对视了一眼，很快熄了火。

"没错，我们确实是最好的朋友。早上好啊，耀眼的朋友！"闪电球向英俊问好。

"你也早上好，速度最快的朋友！"英俊热情地回应道。

"这样就好多了，不四（是）吗？"蝗虫总说，"可是你们俩为森（什）么要打扮成这样？发僧（生）森（什）么四（事）了？你们俩怎么了？"

英俊和闪电球都沉默了。英俊一边呻吟一边丁零当啷地走到他的朋友们身边。他低下头，在他们耳边神秘兮兮地小声说道："我在社交平台上开了一个账号，那是覆盖了世界上所有森林的最大的社交平台！以后我不仅仅是苏格兰王子及时装设计师麦克英俊了，虽然我现在绝世无双，又让人敬服，但我远不止如此！我会成为项圈王子！没错，就是这样！麦克英俊项圈王子，我脖子上的项

圈数量会创造纪录！我要每天在脖子上增加一个项圈，然后自拍一张照片，上传到微博上，很快就会有数百万人关注我的！我会拥有惊人的粉丝量！"

"不四（是）吧……你怎么也开口就四（是）粉丝……"蝗虫总难以置信地说，"苏格兰王子、时装设计师，还有其他那些七七八八的头衔还不够吗？你们俩都想要这么多粉丝干吗？"

英俊和闪电球给了彼此一个心照不宣的眼神，异口同声地说："我们想当偶像！"

"偶像？"蝗虫总一脸困惑地问。

他从来没有听说过这个词。

"对，没错，就是你说的！"闪电球和英俊又一次齐声回答道，"偶像。"

"我要上传我举哑铃锻炼颈肌的日常短视频。我会把我的脖子仰起、落下，仰起、落下，很快我就会拥有六块颈肌！顺便说一下，我的社交账号是'牛脖子肌肉猛男'！"

英俊沉默了好一会儿，试图理解这个名字。

"可是你哪里猛了？我希望你不是指你的眼睛……虽然你总是瞪着眼睛！"

"我知道，可是我觉得这个名字听起来很酷。我总不能叫肌肉壮汉吧，这样不合适吧，或者肌肉大块？"

"不，不，你是对的，肌肉猛男听起来不错，是个非常酷的名字，当然！"英俊赞同道，"我们偶像相互理解，相互尊重！"

蝗虫总打断未来偶像们的争论，大声说道："差不多行了，伙计们，我还得工作呢。我可不四（是）一名偶像，也没计划当偶像，但很快就要到七点了，我的商店里会挤满客人。所以，你们有森（什）么要买的？"

闪电球买了两个小小的，但是很重的哑铃，一个红色，一个蓝色，他还买了五条头带，防止咬着哑铃锻炼时，汗水流进眼睛里，此外，还有一台带16k分辨率摄像头的顶级智能手机和一盏环形灯。你知道环形灯是什么吗？就是一个圆圈形的灯，能让你拍摄照片或视频时拥有完美的打光。

英俊买了两包项圈、一台新款智能手机、一盏环形灯、两件 T 恤和一支永久性马克笔，当然，马克笔是用来在 T 恤上写"项圈王子"的。

等两位偶像都买好了东西，蝗虫总提醒他们该去学校了，也好让他们收收心。随后他转身回到自己的店里。或许他很快就会忘记这个早上发生的这些奇怪的事，如果跳跳没有突然出现的话……

"跳跳！早丧（上）好！有森么可以帮你的？你想买森（什）么？"

"早上好，蝗虫先生！我本来在去学校的路上，但我决定来你的商店里买点——"

说到这里，跳跳又觉得有些难为情，她受挫地低下了头。蝗虫总十分不解。

"你想买森（什）么，跳跳？告诉我，我这里森（什）么都有！"

跳跳最终还是颤着声音说了。

"一支口红。"

蝗虫总丝毫没有犹豫，因为他知道那会让跳跳更尴尬。他飞快地带着微笑问道："什么颜色的呢？

斯嘉丽红？珊瑚粉？深红？樱桃红？或者其他的？"

"就普通的……红色。"跳跳乖顺地说，"你看，我会给你这个来交换口红。"

她从挎在胸前的背包里拿出一张小画，上面画了一片被野花覆盖的美丽草地。这绝对是一幅杰作！蝗虫总接过这幅画，仔细地欣赏了一番。

"这是你画的？"

"是的。"跳跳简洁地回答道。

"画得太好了！我都不知道你会画画！"

"我已经画了一段时间了。我爱画画，这是我最大的爱好。它能帮我放松，这是其他事情无法做到的。画画让我感觉内心温暖。"

"跳跳，这绝对是一幅杰作！非常感谢你！我要把它裱起来挂在学校正门口！这样每个人都能欣赏到它！给你口红，我拿小袋子装好了。"

跳跳用她的喙接过小袋子，放进了背包。

"太谢谢你了，蝗虫先生！学校里见！"跳跳说完，火速离开了商店。

蝗虫总百思不得其解。英俊和闪电球都没能让他如此震惊，尽管他们也让他陷入了沉思。这个早上发生的事让他微微有些担心。跳跳眼里的羞愧震撼了他。有什么正在吞噬这只小云雀。他想帮帮她，而幸运的是，他刚好知道一个能助他一臂之力的人。

"我必须马上去告诉他。他会知道遇上这种情况该怎么办。"

他迅速拉下百叶窗帘，在商店门口挂上"歇业"的牌子，向学校跳去。他知道一定能在学校找到那个如亲生母亲一般了解跳跳的人。

第四章

忧虑笼罩了森林

蝗虫总冲进学校，朝操场和跑道上向他问好的学生匆忙地点了点头。他三两下就跳到挂着"校长室"牌子的门前，跳到门把手上把门打开，接着跳进阳光满屋的房间里。堆满了图书、小册子和各种书稿的大书桌后面，两只架着眼镜的橙色大眼睛正忙着一目十行地看书。一听到门打开的声音，它们就抬了起来，透过厚厚的镜片看向门的方向，目光友善地落在蝗虫总身上。

"早啊！我们勤奋的管理员，这个早上过得怎么样？"一个低沉的男中音问道。

"我很想告诉你我过得很好，但我不是很确定是不是真的好。早上好，呜呼！"蝗虫总对呜呼说道。

是的，没错，蝗虫总去找呜呼商量了。这只猫头鹰是最了解跳跳的人。在跳跳还是一只刚出生不久的雏鸟时，他在她的巢边发现了落单的她，把她带回了家。他为她提供了食物和庇护所，教会她相信自己的能力，甚至在那次从新世界回来的旅途中，当热气球支撑不住时，他还打算为了她和朋友们牺牲自己。不过说实话，当初呜呼被倒下的橡树困住时，也是跳跳救了他的性命。

呜呼的心情立刻受到了蝗虫总话语的影响，略微有些担忧。他的大书桌前有两把椅子和一张小圆桌。

"老总，快请坐，跟我说说发生了什么。"呜呼邀请他的朋友说。

蝗虫总敏捷地跳到小桌子边，在一把椅子上坐下。呜呼坐在了另一把椅子上。

"你说，我听着呢。"

"有些四（事）情不对劲。我想不明白。今天一大早，闪电球和英俊就到我的商店里来了。他们都专门装扮了自己，像是要去参加化装舞会。闪电球贴着八字胡、穿着大衣、戴着墨镜和一顶四十年代黑帮流行的帽子，而英俊在他的脖子上套了几十个项圈。那个撒（傻）小子，他那样走路都很艰难。但他们都不四（是）最让我担心的，因为他们总有些出其不意的行为。"

呜呼递给蝗虫总一个了然的微笑，因为他非常理解蝗虫总的意思。他知道闪电球和英俊总有些古怪的举动，而且他们十分热衷于各种恶作剧。但他同样知道这两个容易头脑发热的朋友其实都很勇敢且真诚。

"好吧，那是什么让你这么担心？"

"我担心的四（是）跳跳。"

"跳跳？！"

呜呼的心底涌起一股奇怪的感受。

"她发生什么事了？"

"说四（实）话，我也不知道。"蝗虫总回答。

"那是什么让你感觉不对劲？"

"她买了一支口红。"

"口红？"呜呼不解地说，"所以这就是让你耿耿于怀的事？"

"呃，是的。你见她妈妈涂过口红吗？"

呜呼沉默了。

"没有……从来没有。"过了好一会儿他说道。

"不仅如此，跳跳买东西的时候明显很不好意思。我感觉她像四（是）想对我们隐瞒什么。我并不是想窥探她的隐私。我很喜欢她，但我们还没有熟到我能问她这种事的份儿上。我猜口红她四（是）给自己买的。但她还太小了，呜呼！她还四（是）个小孩子！她才念三年级，她要口红做森（什）么？"

呜呼叹了口气。

"你说得对，是有些不对劲。我希望她能对我敞开心扉，告诉我她遇到什么事了。这些年来，我尽力教导她向那些关心她的人敞开心扉，不要把那些可能吞噬她的秘密藏在心底。因为用不了多久那些秘密就会成为严重的问题。而且不仅如此……你有没有注意到最近越来越多的学生开始逃课了？"

"对，四（是）的，你说得一点没错！我注意到了。"蝗虫总很快回应道，"我也在想他们四（是）怎么了。顺便说一句，也有越来越多的老师抱怨他们的学生不预习功课！显然，这些小家伙们现在既不做家庭作业，也不想上课了。"

"我可以告诉你们这是怎么了！"

伴随着一个出人意料的声音，有人从门外走进来。

第五章
森林偶像们

"抱歉，我忘了敲门！我应该更礼貌一些。"这个出人意料的客人小声补充道，随后他在大木门上敲了敲：笃笃，笃笃，笃笃。"好的……没有虫子……"

来的是啄木鸟医生，森林里的医学专家。

"他们都在医院里。医院都没有空床位了。每天都有越来越多的动物入院。我需要更多病床，还得多雇一些护士。"

"我们的学生怎么了？！"听到这里，呜呼彻底被吓到了，"是有什么可怕的流行疾病吗？流行性感冒？！"

"是的，流行性上当受骗。"啄木鸟医生生气

地回答，"谁知道是怎么回事，不是什么疾病，所有动物都像疯了一样。他们来住院都是出于一些愚蠢的原因，而且一个比一个离奇。有些是从高处摔了下来，有些是脚踝、喙或者翅膀折断了，有些是吃了各种垃圾导致胃部极度不适所以来医院了，还有些是过敏了身上长疹子。另外有些是遭受了意外才进医院的，至于为什么遭受意外呢？是因为他们在走路或者飞行的时候没留意周围的环境，他们把注意力全都放在了那该死的智能手机上！"

呜呼和蝗虫总认真地听着医生的话，实际上他们非常忧虑。他们不敢相信这种事情会发生在他们的森林里。类似的事情之前只发生过一次，就是电脑游戏和蛋黄酱酥片风行那段时间……回想起他的过往，蝗虫总感到很不好意思，尽管已经过去差不多四年了。呜呼感觉到了朋友的难堪，用翅膀尖轻轻地拍了拍他的背以示安抚。蝗虫总对呜呼感激地笑了笑。

"他们告诉你发生了什么事吗？"呜呼问啄木

鸟医生。

"是的，他们说了，而且不管他们是因为什么问题进的医院，他们给我的都是同一个答案。你们都不会相信！"

"他们怎么说的？"呜呼和蝗虫总立刻问道。

"他们都在上网。现在所有人都能上网了。似乎在很多社交平台上都有一些名人，比如在摆音啊、森林微博啊。其中名气最大的被称为……呃……什么来着……哦，对，被称为偶像！偶像会做各种各样的事情，他们发起挑战、跳舞、拍很多自拍照。他们觉得自己是最酷、最美、最有趣的！孩子们仰慕他们，都想变成他们那样，但大多数都把自己送进了医院。"

呜呼惊呆了："偶像？那是什么？"

"我或许知道……"蝗虫总喃喃地说。

"请告诉我。"呜呼请求道。

"我不能嗦（说），这四（是）个秘密。"

"亲爱的蝗虫总，孩子们的健康和生活受到了威胁！我们必须在所有人都彻底疯掉并陷入严重的危险之前采取措施。"

"你嗦（说）得对，呜呼。"蝗虫总叹了口气，"我告诉你……今天早上，闪电球和英俊都嗦（说）他们想成为偶像，所以才来我的商店买些能帮他们成为偶像的东西。他们一定知道偶像到底四（是）什么意思，又四（是）干森（什）么的。"

"我得尽快跟他们谈谈！蝗虫总，你能把他们带到我的办公室来吗？"

"马上！"蝗虫总回答道。

他立马从椅子上跳下，冲出门去。

"我也得走了！"啄木鸟医生插话道，"我得回医院去接收新病患，并搞清楚他们又做了些什么疯狂的事情。他们就像一群野驯鹿，不停地拥进医院。"

　　他从窗户飞走了。

第六章

深陷互联网

蝗虫总前往闪电球的教室，这个时候他通常在那里带早自习。呜呼是这所森林学校的校长，闪电球和命啊是老师，而跳跳、英俊和雪球是来上学的学生。闪电球把他收集在壳里的所有书都捐给了学校图书馆，所以他同时也是图书馆的管理员。虽然他有时和真实的闪电一样头脑发热，但他也是一个很有文化、很有学识的人。

蝗虫总推开教室门，闪电球正站在讲台上对他的学生们解释着什么，闻声愤怒地大喊道："是谁竟敢打扰我上课？"

他的目光落在蝗虫总小小的身影上。

"原来是我们的学校管理员兼商店店主，感谢他让我们这些森林里的家伙能买到各种有用的东西！"

说完，他朝蝗虫总眨了下眼睛，试图提醒他早上发生的事情还是秘密，顶级机密！

"我能为你做什么吗，管理员先生？"闪电球用一种近乎谄媚的语气问道。

"不四（是）我找你，闪电球老师。"蝗虫总微笑着回答，"呜呼校长想和你谈一谈。请你到他的办公四（室）去。"

闪电球感到一丝不妙。呜呼在他上课上到一半的时候叫他去开会？呜呼绝对不会中断一堂课，除非……除非发生了什么非常糟糕的事情！

"各位同学，在我回来之前请各自完成你们的课堂作业！"闪电球对孩子们说，"事实上，我想让你们画点东西。请画出这个世界上最不可思议的生物。你们知道的，我指的是蜗牛！"

他飞快地从衣帽架上取下他的帽子——在学校里他总是戴着高礼帽——跟着蝗虫总出了教室。

"你告诉他我是偶像了是不是？承认吧！

承——认——吧！"

"好了，你还不四（是），不四（是）吗？你只四（是）渴望成为一名偶像！"

"我一定会实现我的梦想的！我会成为肌肉猛男！你都告诉他了，是不是？行了，你已经承认了！"

"有件四（事）我不四（是）很懂。"蝗虫总回答道，"你梦想变得出名，成为一名偶像，让所有人都认识你。但你却害怕让呜呼知道。为森（什）么？没错，我觉得我有义务告诉他所有四（事）。"蝗虫总终于承认了，"我这么做不四（是）为了出

卖你，而四（是）因为你们所说的偶像导致森林现在处于危险之中。你和英俊能帮我们弄明白这种现象，并提供宝贵的见解。我会去把英俊也叫来，让他去呜呼的办公四（室）和你们会合。"

蝗虫总丢下忧心忡忡的闪电球，跳着去找英俊了。闪电球戴着高礼帽的头开始冒汗。他十分紧张。他不想让呜呼知道他打算当偶像。他不希望呜呼对他失望，因为他非常尊敬呜呼。可为什么他这么肯定呜呼会失望呢？他又不是要偷偷摸摸做什么坏事，他只不过想练出六块颈肌，想让他的账号拥有百万

粉丝，想要那些粉丝都知道他是肌肉猛男，并且喜欢他！

闪电球一路忧心忡忡地来到了校长办公室门口。英俊也跟跟跄跄地走了过来。闪电球注意到英俊一个项圈也没戴。

英俊都不像他自己了，他的脖子似乎比平时长了很多，几乎要顶不住他的头了，他的头一直在乱摆，像极了暴风雨时在大海上颠簸的小船。闪电球忍不住问道："你在干什么，英俊？跳舞吗？"

"是的。"英俊简洁地回答，"我跳的这支舞叫'你一直没有把胡子擦掉，所以看起来像只吃了泥巴的海胆'。"

闪电球跑到最近的窗户前，看见玻璃上的自己后，他抖了一下："噢，不！噢噢噢，不不不！"

他把头抵在刚粉刷的墙上一通猛蹭，想要蹭掉

他胡乱画上的黑胡子，但无济于事。他转身看着英俊，带着一丝绝望问他："这样好些了吗？我擦掉了吗？还能看见黑色吗？"

"黑色看不见了，但能看见白色。你成功将白粉都蹭到头上了。你现在看起来像是刚刚把头整个埋进了一袋面粉里。过来。"

他用自己的一根羽毛将闪电球脸上的墙粉擦干净。"现在好多了。你脸上没黑的东西，也没白的东西了，就是你整个头红得像颗小番茄。你对墙粉过敏了……"英俊叹气道。

"可你又是怎么回事？你的头怎么晃成这样？它就像一颗熟透的梨子，马上要从你的脖子上掉下来了。"

"都怪那些可恶的项圈。我一直往我脖子上加数量，你知道的，我要成为项圈王子，还要成为脖子上戴项圈最多的著名火鸡！但恐怕它们把我的脖子拉伸得太厉害了，以至于我脖子上的肌肉现在无法支撑我的头……"

"哈哈哈哈哈，瞧见了吗？我是对的！你得练出六块颈肌！"闪电球宣称道。

下一秒他们都僵在了原地。校长办公室的门打开了，呜呼在门那边目瞪口呆地看着他们。

"英俊、闪电球，请进。森林又一次处在危险中了。不过这一次，首当其冲的是孩子们，而且跳跳也被卷进来了。请坐在那两把椅子上，把一切都坦诚地告诉我。拜托了，一五一十地告诉我。"

第七章

偶像是怎样炼成的

闪电球和英俊走进呜呼的办公室，老实地坐在呜呼指定的椅子上。他们觉得自己就像两个正被严厉的老师训诫的小学生。不仅如此，听到跳跳可能陷在某种麻烦里，他们也很紧张。为了这只他们一直爱护的小云雀，闪电球和英俊愿意做任何事情。呜呼站在他们面前，双翅背在身后。他满怀期待地看着他们，两只橙色的圆眼睛像往常一般充满了探寻的目光。

"偶像是什么意思？"

英俊和闪电球交换了一个惊恐的眼神。显然他们不想说。

"闪电球？"

"呃……有个东西叫互联网，你瞧，它……"

闪电球嗫嚅道。

"我知道互联网。"呜呼微笑着接话，他想让他的朋友们放松些。

"互联网上有一些叫社交媒体平台的东西。世界各地的生物都能登录这些平台进行社交。你可以上传照片和视频，其他用户可以对此进行评论，和你互动，你还可以交一些网友，通过网络讯息和他们交流。你和这些网友只在网络上交往，永远不会在现实里见面。"闪电球解释说。

"继续……"呜呼催促道。

闪电球瞥了英俊一眼。

"该你说了！"

英俊的头突然停止了摆动，他深吸一口气，接着往下说。

"要上传照片和视频，你得先注册一个账号。一个你自己的账号。有些人用他们的真名当账户名，也有些会自己编一个名字。如果有人觉得你的照片和视频有趣，就会给你点赞。我的意思是，如果别人喜欢你的帖子，他们就会在上面点两下，然后你就会得到一颗小红心。该你说了！"英俊推推闪电球。他终于松了口气，看上去已经耗尽了力气。

"那些获得小红心最多的人就成了偶像。大家都这么称呼他们。有些偶像拥有几千、几万、几百万，甚至几千万世界各地的粉丝。他们上传的每一张照片或每一段视频都会收获几百万的点赞。他们会成为森林中的话题，每个人都羡慕他们，想变成他们那样。有些偶像甚至会收到免费的商品，因为那些商家想让他们做推广。他们也会因此变得十分富有。"

呜呼认真地听着。

"你们说的这些偶像有教给孩子们什么有价值的东西吗？有益的东西或者有用的东西？他们有帮孩子们变得更聪明或者更强大吗？"

英俊和闪电球又对视了一眼。

"朋友们？"

"呃……没有很多，不是所有人都能做到这些。"闪电球承认道。

"那为什么有这么多孩子追随他们？"

"这……他们追其中一些人是因为这些人的照片或视频内容很奇特，比较难以复制；还有一些是因为他们非常漂亮或者十分强大，他们的粉丝想效仿他们。有些偶像还真的会给那些接受他们的挑战的人奖励。"

"他们的粉丝就这么……按他们要求的去做？"呜呼不解地问道。

"有的会……"英俊和闪电球肯定道。

"好吧，那这就是当偶像的意义了。"呜呼边思考边说，"他们影响那些追随他们的人。他们以这样的方式塑造粉丝，使粉丝成为他们的复制品。他们鼓励他们的粉丝模仿他们。他们成了那些追随他们的年轻人的偶像。"

"对，就是这样。"闪电球和英俊点头道。

"我听说你们也打算做偶像。是这样吗？"

英俊的头又开始摆动起来，而闪电球假装自己没听到这个问题，费力地研究起了天花板上并不存在的苍蝇。他希望地上能裂开一道口子让他钻进去，这样就不用亲口告诉呜呼他的偶像打造计划了。他简直尴尬极了。

"闪电球，请诚实地回答我。"呜呼坚持道，"我不会生气的，而且我保证不会评判或批判你们。我只是想了解清楚。"

闪电球叹了口气。在开口之前，英俊的头晃到了一个很危险的幅度。

"我觉得好晕。我发誓这是实话。我得坐下来，但我本来就是坐着的。"

然后他恰如其分地在椅子上晕了过去。

你一定记得英俊间歇性晕倒的事，所以不必太担心。因为闪电球和呜呼都保持了冷静。呜呼温柔地把英俊的头摆在椅子靠背更舒适的位置上，这样等英俊醒来时脖子就不会疼了。

"来吧，闪电球，把一切都告诉我。现在连英俊都听不到了。"

"英俊已经知道了……"闪电球叹着气说，"我想成为一只拥有最结实的颈肌的蜗牛。我的网名可能会叫肌肉猛男。我买了一对小哑铃，打算用牙齿咬着它们来锻炼脖子上的肌肉。"

呜呼惊讶地看着他。

"你为什么要这么做？"

"因为还没有其他偶像这么做。要获得很多粉丝，你就得做些特殊的事情。一些独一无二的事情！你得是独特的！"

呜呼难以置信地摇了摇头。他开始一边沉思，一边在办公室里踱步，翅膀依然背在身后。然后他突然停住了脚步，转身看着闪电球说："闪电球，你已经十分独特了，不需要再通过哑铃或者肌肉来

变得独特。我会帮你明白这一点的。"

"我戴了太多项圈来拉伸我的脖子，现在我的脖子都直不起来了！我的头也直不起来了！我的头要掉了！"英俊说着醒了过来，"但我会克服的，我会成为项圈王子。"

呜呼目光温暖地看了他一眼。

"我的天哪，英俊，我该拿你怎么办？"

他结束了这次会面："很感谢你们今天来见我。我想我已经清楚发生什么事了。今晚请到我的树洞里来，我们得聊聊。我现在去看看跳跳，还有十分钟就下课了，她应该会回家。我们晚上七点见，可以吗？"

呜呼说完便离开了他的办公室，留下惊慌的英俊和迷惑的闪电球。后来你猜发生了什么？英俊脖子上松垂的肌肉突然又失灵了，他的头又一次软绵绵地垂在了座椅靠背上。闪电球叹了口气："天哪，英俊，我该拿你怎么办才好啊，恐怕你得放弃那些项圈了，否则你会拖着你的脑袋走在森林里。你会被迫天天看着自己的裙底。"

第八章

大逃脱

　　响亮的铃声响起，标志着一天的课程结束，所有学生迅速收拾好课本和笔记本，叽叽喳喳、兴高采烈地冲出了教室。英俊通常是最吵闹的那个，此刻却一声不吭地整理着课本和他的书桌。你们知道的，他喜欢成为焦点，喜欢被宠着。但是这会儿他显得有些郁郁寡欢、坐立不安，安静得反常。他被蝗虫总叫出去的时候跳跳就注意到了。她又好奇又奇怪，到底出什么事了呢？英俊回到教室时垂头丧气、双目失神，还用一只翅膀托着自己无力的脖子，仿佛他的脖子无法独立支撑他的脑袋。向教室门口走去时，他的头摇晃得像秋风中的落叶。

　　跳跳非常担心她的朋友。她很爱他，这只总是

自吹自擂的火鸡其实有一颗金子般的心和雄狮一般的勇气。

"英俊，你怎么了？你的头为什么立不起来？你生病了吗？"

英俊想转身面向她，可他的头摆动得太厉害了，扑通一声落在了他们之间的木地板上。

看，他的脖子已经拉到这么长了。他在地上回答道："不用担心我，小鸟，我好得很。我非常健康，真的！我感觉棒极了，因为我不仅长得好看，还无比聪明。我的头非常沉，我优雅、修长、美丽的脖子再也承受不了它的重量了，因为我的脑袋里装满了不可估量的知识和智慧。你明白我在说什么吗？就因为这样，每隔一会儿，我就得把脑袋放到地上，让这颗充满智慧的头颅休息一下。"

跳跳知道他只有在为什么事情心烦的时候才会叫她小鸟，但他太骄傲了，很难把自己的问题说出来。跳跳有些困惑，坚持问道："我很想明白，可你的肉垂贴在地上，都沾上灰了。你不介意你漂亮的肉垂被弄脏吗？英俊，地上有灰尘，同学们进教室时鞋子上都沾满了森林里的土。"

"别担心这个，小鸟，我把头放下时就看到这个位置了！我也想了解一下那些脑子比我小、聪明才智不及我的人！所以，有时候我得把脑袋降到他们那个高度。甚至更低一点！"

跳跳知道自己无法反驳这只火鸡。她知道他不会说出到底发生了什么，但她很肯定有些事不对劲。英俊见他们的谈话结束了，便用一只翅膀托起他的头，扶回脖子上方头原本该在的位置，摇摇晃晃地走出了教室。跳跳看着他离开，觉得他的脖子太长了。长得不正常。她更担心了。

把课本和笔记本收进书包时，跳跳看到了她早上买的那支口红。她马上往四周看了看，确保没有其他人看见，就像为自己做了什么不得体的事情而感到难为情。教室里除了她没别人了。她松了口气，小心地把书本放进书包里，灵巧地把头穿过背带，离开了教室。她飞快地穿过走廊、下了楼梯，准备跑向森林，但……

嗚呼和蝗虫总正等在教学楼外。跳跳贴着墙根，想不引人注意地溜走。那两位朋友正专注地聊着天，但嗚呼时不时会抬头看一眼跳跳教室的窗户。蝗虫总跟嗚呼道别，向森林跳去。善良的猫头鹰仍然站在那里，眼睛像是粘在了跳跳教室的窗户上。跳跳意识到嗚呼是在等她。她的心剧烈地跳动起来。

"蝗虫总一定把我早上买了什么告诉他了！我肯定！天哪，不，我现在该怎么办？嗚呼会问我为什么要买支口红……我不想对他撒谎。我不能撒谎！但我也不想面对他……无论如何，我得溜走！"

她记得放学后教学楼有一扇后门是开着的。那扇后门通向一个食堂用来倒食物残渣和空瓶罐的区域。跳跳冲向那扇门，发现门没上锁时她大大地松了口气。她飞快地走出学校，绕过半个教学楼，加入一群正从操场离开的学生中。他们的背包和大长腿完美地遮住了她，她第一次感激自己娇小的身材，跳跳以为自己一定能完全不被发现地走出操场。

呜呼已经看见她了。猫头鹰什么都能看见，即使是在夜里。他们的大眼睛总是圆圆地睁着，旋转的脖子能帮他们捕捉周围的每一个动静，就像高质量的监控摄像头一样。当我们真正爱着谁时，总能发现他们是否有什么不妥、是否正忍受内心的煎熬。就像你的父母总是知道你是否不舒服、是否不开心。对他们隐藏秘密是毫无意义的。他们总能知道发生了一些事，并且总会帮助你渡过难关。

　　可呜呼选择了让跳跳走。他不想让跳跳因为他的问题而感到惭愧。他知道，用不了多久，她就会做正确的事情。她会主动来找他，寻求他的帮助。到那时他们再好好聊一聊，一起面对这个新挑战。

第九章

镜子里的影子

跳跳回到自己的巢里，把课本和笔记本从书包里拿出来，最后拿出了……她的口红。她小心翼翼地把它放在平时放平板电脑的那张小桌子上。她带着畏惧瞥了它一眼，随后又拿起它，拔下了盖子。这是一支血红色的口红。看起来很像粉甜甜最近在社交平台上传的那张照片上涂的颜色。

她将口红放回桌上，跳到鸟巢一边的一个精美的储藏柜前。这个储藏柜是伟大的委顿送给她的礼物，他是一位大师级的木匠。这个储藏柜简直就是一件艺术品，它的两侧分别雕刻着一双华丽的翅膀。跳跳拉开两扇大柜门，退后几步，又一次欣赏起里面的东西。

她将自己最珍贵的财物收藏在储藏柜里，就是帮助她救了小北极熊希望的那个东西：那双同样是伟大的委顿送给她的翅膀。不知道你是否和我一样记得很清楚，那只善良的老鹰收集了几千根森林里的鸟儿们落下的羽毛，做了一双翅膀送给跳跳。他被人类射伤后一直害怕飞翔，但他知道跳跳足够勇敢，一定能飞起来，尽管她生来就没有翅膀。

　　伟大的委顿想得没错。跳跳确实飞起来了，而且她在飞翔中感受到的快乐远超她的想象。她最珍贵的梦想终于实现了。一开始她以为自己会从空中掉下来摔在地上，但她记得呜呼在她还是一只小小鸟时教她的每一件事，所以即使在翅膀变得沉重时她也没有放弃。她坚持着，更努力、更快地挥动着翅膀，最终飞到山顶上方，发现了卡在悬崖边缘的希望。

　　救下她的朋友后，她再也没有飞过，但她把翅膀收在了储藏柜里。有时需要鼓舞时，她会去看看它们，因为这双翅膀代表了希望。它们证明了"不可能"只是一个词而已。她已经知道，只要她想飞，就能飞起来。因为你不需要翅膀也能飞翔，不是吗？只要带着你的灵魂和思想，你想飞多快就能飞多快，想飞多远就能飞多远。

现在她又到了需要翅膀的时候。至少她是这么觉得的。她把它们背在身后，把两根带子固定在胸前。她往自己的喙上抹上口红，给平板电脑上的照相机定好时间，然后迅速跳到镜头里，露出一个和粉甜甜的照片里一样的笑容。

照相机"咔嚓"一声，给她拍了一张照片。

跳跳把翅膀扔在地上，冲向平板电脑去看照片。她急着想看自己拍得怎么样。她想象着如果把照片上传到社交平台，会收到多少点赞、收藏和评论。她想象着背着翅膀涂上口红的自己会和粉甜甜一样漂亮。

她打开平板电脑上的照片，然后……她的心一下子沉了下去。她甚至认不出照片里的自己。照相机拍下了一只娇小的圆眼睛云雀，浮现在她脸上的是一个勉强的笑容——一只喙脏脏的小鸟笨拙地背着一双不协调的巨大翅膀，像阴沉的秋天里飘落的树叶。

泪水涌进跳跳的眼睛里。照片里的不是她。这不过是一个可怜的影子。她不是这样的，她觉得自己不是这样的，最重要的是，她不想自己是这样的！在任何情况下她都不想朋友们看到这样的她。所以她飞快地删掉这张照片，关掉了平板电脑。

在森林的另一个角落，在一个比跳跳大得多的鸟住的鸟巢里，英俊正在拍摄他的第一张自拍照，他准备把它上传到他在森林微博上那个名为"项圈王子"的账号上。看着自己的照片，他认出了自己，但又没完全认出……照片上是一只不开心且痛苦的火鸡，他可怜的脖子被几十个金属项圈抻得很痛。更别提那一摞项圈让他不能呼吸，导致他的眼睛因为痛苦和不适都充血了。这不是英俊，而是他可怜的外壳，是过去那只骄傲自负的火鸡的一个影子。

英俊轻轻地逐个取下了脖子上的项圈，他的脖

子解放了，但头咚的一声砸在了地上。

森林里另一处不太远的地方，已经向所有人证明了他有多快、多勇敢的闪电球，正在他的壳里为他的摆音账号拍摄第一条短视频。他用牙齿费力地咬着一个小哑铃，脖子艰难地仰起又落下，仰起又落下，仰起又落下。

他用望远镜一般的右眼的余光看向挂在壳里的一面小镜子，欣赏着镜子里的自己。可他从镜子里看到的并不是那只永远快乐、聪明、行动迅速的叫闪电球的蜗牛。不是。他看到的是一只满头大汗、脸色苍白的蜗牛，眼睛因为用力而凸起，牙齿痛苦地咬着哑铃的一端。他没有一个地方像一个真正的摆音"英雄"。没有一个地方像一个国际知名偶像。他只是一个影子。闪电球扔下哑铃，关掉了他用来录像的手机。

第十章
网络的受害者们

　　"跳跳！跳——跳，你在巢里吗？你在家吗？请你出来一下！我们得谈谈，发生了很糟糕的事情。"

　　听到命啊的声音时，跳跳正坐在她的小椅子上，忧伤地盯着被丢在地上的翅膀自怨自艾。你还记得命啊吗？他是一只大渡鸦，是跳跳帮他克服了对危险的恐惧，帮他找回了勇气。在那以后他们就成了最好的朋友。如果命啊说发生了糟糕的事情，那一定是真的。命啊从来不会拿这种事情开玩笑。跳跳很快地甩了甩头，甩干她的眼泪，尽力让自己看起来不像哭过。然后她拿一张纸巾擦掉了喙上的口红，出去见她的朋友。

　　"你好，命啊！"

"你好，跳跳。恐怕我带来了很坏的消息。雪球进医院了。他差点把脑袋撞开。"

"雪球？可是他做了什么？发生了什么事？"

"我不知道，我也是刚刚得知这个消息，正准备去看他。但我先赶到这里来了，我想你也会想去看他的。"

"我当然想去，命啊，谢谢你想到我！你先飞过去，我会尽快走过去的。"

命啊看着她笑了。

"跳跳，我曾经用爪子带着你飞过，你还记得吗？在你还是一只小小鸟的时候，人类要砍伐森林时，呜呼被困在了一棵倒下的树下面，我们去救他。记得吗？"

跳跳回忆起往事，也笑了。

"我当然记得。就是那次你向我们证明了你有多勇敢！"

"是你帮了我，跳跳。没有你我做不到。如果不是你，我可能还是个大哭包。我能变成今天这样多亏了你，虽然你只有二十分之一个我那么大，却向我展现了什么是勇敢。"

跳跳没再说什么，她是个谦虚的孩子，不知道该怎么回应这样的赞美，但她回给她的朋友一个温暖的眼神表示感谢。命啊继续说道："好了，我既然那时候能带你，现在也能把你带去医院。即便你确实长大了一点！"

"那好吧！"跳跳同意了，"让我们以最快的速度飞过去，看看可怜的雪球到底出了什么事！"

命啊轻轻地用他的爪子抓起跳跳，向森林医院飞去。他们几分钟就到达了那里。

医院设在森林边上的一个大山洞里。棕熊帕迪是第一个找到这山洞的，并且把巢穴安在了这里，但很快他就觉得这个山洞太大了，并不合他的心意，因为他还没有成家。还有那些蝙蝠……是的，山洞里还有蝙蝠，会在夜里飞出山洞或者单纯地到处乱窜，时常扰得他睡不着觉。蝙蝠通常都在白天睡觉，像大烛台一样倒挂着，帕迪总担心他们会掉下来摔到头。所以，当他听说啄木鸟医生在找一处大场地建医院时，他欣然让出了这个山洞，自己搬了出去。此外，他还帮啄木鸟医生安排好了一切。蝙蝠仍然留在他们的山洞里，但这对医院来说是件好事，因为他们把所有可能打扰到病人的昆虫都捉走了。

此时此刻，几十上百位担忧的家长正守在医院门前。这些家长有长角的，有长蹄子的，有长翅膀的，还有长着尖牙和利爪的，他们全都焦急地等待着孩子的消息。他们中有的比一颗胡桃还小，有的和熊一样大——好吧，实际上就是熊——都同样担心着孩子的安危。不管怎样，父母的心和孩子们的心都是连在一起的。无论是一只幼兽，还是一只雏鸟生病了，他们的父母都会感到十倍地难受。你的父母也是这样的。

命啊很快落在山洞医院的大门前。他在触到地面前，先轻轻地把跳跳放下了。他们一起走进医院，映入眼帘的一切让他们呆在了那里。每一张病床上都躺着一只幼兽或者雏鸟。无论看向哪里，全都是儿童病人。到处都是缠着绷带或者涂着药的孩子，绝大多数翅膀、腿、喙、脚或触须上都打上了夹板或白色的石膏。每个人的脸上或者喙上都有红肿或者青紫的痕迹，眼睛充血发炎，皮毛烧焦，皮肤擦伤。森林医生啄木鸟不停地从一个病人奔向另一个病人，气都没空喘。实在跑不动了，他就从病床上方飞过去，几乎要碰到山洞顶和倒挂在上面睡觉的蝙蝠们。他从上方指挥着他的助手——森林护士们，而他们几乎还没喂这边的小病人吃完咳嗽糖浆和药片，就要跑去给那边的小鸟和小兽包扎，然后还得对每个孩子说些鼓励的话。整个洞穴里充满了呻吟声和哀号声。

"这里到底是怎么回事？"跳跳被眼前的景象吓到了，问道，"发生战争了吗？还是出了什么事故？还是说我躲过了一场地震？"

"我不知道，跳跳……"命啊嘬嚅着说，"但我想我看见呜呼了，就在一张病床边。我们去找他吧！爬到我的肩上来，否则你可能会被护士不小心

踩到。如果你也受伤了我可不觉得这儿还能找出空余的病床来。"

命啊尽可能地低下身子，好让跳跳可以毫不费力地跳到他的肩膀上。他路过一张张病床，向呜呼走去。他们来到呜呼身边，呜呼正站在一张病床前，双翅背在身后，关切地看着躺在上面的那位病人。蝗虫总也在这儿，正站在他一边的肩膀上——另一边站着闪电球。蝗虫总很快转过身来向命啊和跳跳打招呼，但闪电球没有。他直愣愣地看着前方，眼睛一眨不眨，像一尊雕像。

躺在病床上的是雪球。那只小时候会用粉笔灰盖住自己羽毛的小乌鸦。他的名字就是这么来的。那个时候，他不想别人因为他的羽毛颜色把他当成小偷。你知道的，有些乌鸦时不时会偷一些亮闪闪的东西……但他多次证明了自己是一只努力、诚实、有爱心且乐于助人的小鸟。而跳跳最欣赏的就是他身上的这些品质。

看见他躺在这儿，跳跳发出了一声痛苦的啾鸣。

雪球又一次从头到脚被裹成了雪一般的白色，只不过这一次，裹的是石膏。他看起来像一具木乃伊。只有眼睛和喙是露在外面的。那双总是带着善良和智慧的黑溜溜的眼睛，在看到他亲爱的朋友时，亮起了喜悦的光芒："跳跳！"可怜的雪球艰难地发出沙哑的声音，又立刻因为痛苦闭上了眼睛。

跳跳尽力微笑着回应他。

"雪球，如果很痛就别说话了！我们都来看你了，你很快就会好起来的，我保证！"

雪球认同地眨了眨眼睛。跳跳在命啊耳边小声说了些什么。命啊便把肩膀垂到雪球床边，跳跳小心翼翼地跳到她的朋友身边，注意着不让床垫震动。但其实她小巧的身体甚至都没把被套弄皱。她来到雪球身边，用脸颊碰了碰他包着绷带的头。她想安慰安慰他，让他知道她有多爱他。之后，命啊再次垂下肩膀，让跳跳跳了回来。

"亲爱的雪球，我们现在得走了。"呜呼温柔地对小乌鸦说，"我们会经常来看你的，当你感觉好点了，可以回家的时候，我们也会来接你的。你得多睡觉，因为当你生病或者遭受意外时，没有什么比睡觉更有助于恢复健康了。睡眠可以治愈一切！"

"再见，雪球！"其他朋友说，"我们很快会再见面的！"

他们心里怀着对见到的一切景象的伤感，一起向医院门口走去。

"等一下，"鸣呼拦住了他们，"我请啄木鸟医生向我们解释一下雪球发生了什么事。看，他过来了！"

啄木鸟落在他们附近。

"请等我一下，让我喘口气！"

他很深、很深、很深地吸了口气，一下子呼出来，然后便滔滔不绝地说起来，这是他的习惯。

"雪球几乎是故意摔到头的。"

"你说'几乎是故意'是什么意思？"跳跳问。

"听我解释！最近有很多只小鸟痴迷那些偶像，雪球也是其中之一。他特别喜欢蚂蚁拉兹上传在社

交平台的内容。蚂蚁拉
兹是一只有翅膀的蚂蚁，
准确来讲，他是一只飞蚁，他会表演各种危险的特技。
他拍下自己表演特技的场面，把那些视频上传到社交
平台上，然后向他的粉丝发起模仿挑战。在他最新上
传的视频里，他向粉丝发起了飞行挑战，准确地说，
就是向下猛冲，然后在即将撞上地面时飞起来。所有
人都疯了一样去完成这该死的挑战！一大群没有翅膀
的动物，还有鸟、昆虫，以及蝙蝠，都开始学着他头
朝下向地面猛冲。你们的朋友雪球也这么做了！他没
能及时停住，摔在了地上，伤到了脖子，而且非常严
重。这就是我为什么说他'几乎是故意'的。显然，
他并不是故意让自己受伤的，但他太傻了，居然去尝
试那样的挑战。"

他们都被医生的话惊呆了。呜呼问：

"那他能康复吗？"

"能。他很年轻，身体很好。而且小鸟总是比
成年鸟类恢复得更快一些，我得给他打两周石膏。这

对他来说并不轻松，因为打上石膏后，他会发现自己不管是吃东西还是上厕所都很困难。而事实上，我们这些医生和护士头都大了！要照顾好所有最近收治的病人是不可能的！我们没有人手为所有人换绷带，或者检查他们的伤口和石膏，还要给他们洗澡、喂饭、喂药，带他们上厕所，并且安慰他们！他们太小了，又很害怕！还全身疼！你们能想象一下光是因为蚂蚁拉兹那个挑战，我们最近就收治了十一只小鸟吗？十一只！全都是骨折、脊柱损伤和划伤！还有些病人往脸上涂了一层厚厚的化妆品，你们或许会问，这么做是为了什么。好吧，为了漂亮！为了和那些整天自拍然后把照片加上几百层滤镜传到网上的偶像一样漂亮！那些偶像就是一群可怜的浑蛋！你们听说过这么离谱的事吗？

　　"所有年轻的动物都认为只要他们也化上妆，将照片传到网上，那些知名品牌就会赞助他们，然后他们就会变得有钱！但因为他们家里并没有真正的化妆品，他们就往自己的鼻子、眼睛和喙上涂各种森林里能找到的粉和有颜色的汁液，结果，他们大多都因为严重过敏和起疹子被送到了这里！我可以给你们讲更多这样的例子，但我没时间了。最后，我想说的是，这种疯狂渴望影响力和名气，以及想变得和偶像一样受欢迎的风气，已经开始毁掉我们森林里的孩子们了。而且说实话，我从没听说有哪个偶像努力教他的粉丝一些好的、有用的事情！好了，我得走了，再——"

"等等！别走！帮个忙！站住！帮帮我！求助！"一个急切的呼声在山洞里回荡。

医院里所有人都往声音传来的方向看去。山洞门前挤满了焦虑的家长，英俊正努力地想从中间钻进来。他把他的头夹在胳膊下面。我的意思是，夹在他的翅膀下面。啊，你没看错，他的脖子拉伸得太厉害了，所以只能用翅膀夹住他的头。英俊现在

要与人交流就只能在他的翅膀下面呐喊。

"我觉得我可能有些不妙……"来到朋友们身边后，英俊说道，"我没法让我的脖子摆正。事实上，我都没法让它立起来……所以我只能用翅膀夹住它。"

天哪，真是够了！闪电球挣扎着说出了下面的话：

"亲爱的英俊，如果是平时，我一定会嘲笑你现在这个样子，我会把眼泪都笑出来。但我现在不会这么做了。你知道为什么吗？因为我也没比你聪明。我可以把我的头立起来，但它动不了，一点也动不了。我现在是世界上最小的雕塑。我可怜的头没法向左或向右转，也不能向上或向下看。因为，你瞧，我举哑铃举多了，脖子上的肌肉都抽筋了……我得了最严重的肌热！"

"你是说肌肉发热吧！"

英俊控制不住自己，他在翅膀下面哈哈大笑起来。

"哈哈哈哈哈，威猛的肌肉猛男倒下了！"

"呵呵，五十步笑百步！"闪电球还击道，"通常来说，一只头放在翅膀底下的火鸡，是要被送进烤箱的吧？哈哈哈！"

"够了！"呜呼严厉地打断了他们，"你们都应该知道我们面临着多么严重、多么可悲的情况！看看你们自己，看看雪球和其他年轻人！看看那些可怜的父母！"

闪电球和英俊立马住了口，他们都觉得很不好意思，都不敢抬起头来。当然，他们也抬不起头。他们俩的脖子都起不了什么作用。闪电球想起了每次森林遇到危险时他都会喊的词，于是喊道：

"灾——难！"

"你说得没错。"呜呼赞同道，"我们得做点什么，而且得赶快。时间是最宝贵的。一小时后在我的树洞里见。啄木鸟医生，你能帮帮这两位……偶像吗？"

啄木鸟叹了口气，转身看着闪电球和英俊。

"跟我来吧，我想我能找到办法治好你们。"

第十一章
去地下王国

一小时后，跳跳、闪电球、英俊、蝗虫总和命啊围坐在呜呼树洞里的一张小圆桌边。

就是在这张圆桌边，他们计划了前往新世界的旅程。你还记得那几位朋友的热气球冒险吗？他们出发去寻找希望的父母，却发现了很多快要灭绝或被推测已经灭绝的生物。他们找到了一个奇迹般的地方，在那里，这些动物决定开始新的生活，远离那些伤害他们、让他们濒临灭绝的……人类。

然而这一次，大家都没说话。蝗虫总、跳跳、命啊，甚至呜呼都盯着闪电球和英俊。呜呼已经尽力帮助他们放松肌肉、缓解疼痛了。英俊现在戴着一个颈托，两边绑上了夹板，帮助他把脖子摆正，让他的头能好好地待在上面。啄木鸟医生将各种乳霜和药膏抹在闪电球的脖子上，这都是啄木鸟医生自己调制的。其中一种药膏是明亮的粉红色，因此闪电球想拥有六块肌肉的脖子现在看起来，也成了粉红色的。他身体剩下的部分以及头都还是蜗牛原本的颜色，但总的来说，闪电球现在看起来很像一根棒棒糖。英俊想发表一点讽刺的评论，但呜呼立刻让他闭上了嘴：

"请什么都不要说。现在不是开玩笑的时候。我希望你们把注意力都集中在我这儿，因为我有很重要的事情要告诉你们。"

闪电球和英俊收起笑容，把身体倾过去一点，专注地听起来。

"我亲爱的朋友们，"呜呼开始说道，"你们完全不必伪装成别人来获得关注和赞赏。你们就是这座森林里最勇敢、最高尚的动物，这一点所有人都已经知道了。"

跳跳、闪电球、英俊、命啊和蝗虫总惊讶地看

着呜呼。闪电球和英俊原本以为呜呼会严厉地斥责他们，可没想到……他竟然跟他们说了这些。他非但没有责备他们，反而鼓励了他们。

"是真的，坐在这张桌子旁边的你们都很非凡。你们无数次拯救了这座森林和生活在这里的动物。你们把他们的生命看得比自己的还重要。在他们躲藏、害怕、颤抖的时候，你们愿意冒着生命危险帮助他们。你们已经证明了自己非常人所及的勇敢，并且总在看似无解的时候找到办法。在过去几年里，你们都是值得尊敬的榜样，激励着森林中的动物们，让他们成为更好的自己。我个人认为，你们才是真正的偶像。"

闪电球叹了口气。

"实际上，闪电球，你真的相信成为肌肉猛男比现在更能帮到孩子们吗？你觉得那样能影响他们，让他们变得更好吗？你已经是一个非常有正向影响力的人了！我感激你，我欣赏你，我尊敬你，而且我知道很多人和我一样。"

听到这些发自肺腑的话，闪电球抽了抽鼻子。长长的鼻涕从他的鼻子里流出来。他很认真地哭了。

"呜呼，你的话触动了我的灵魂！我太感动了，我觉得我的头上要冒烟了！我现在是粉红色的，很快就要变成樱桃红的了！我为自己感到羞愧……你说得太对了！"

"不必感到羞愧，闪电球……"呜呼用带着善意的目光看着他，继续说道，"我们这一生都会犯错误，都会不时地受到诱惑。最重要的是我们要明白，对我们来说，什么是真正有益的，什么是无益的。"

"那我呢？"英俊咯咯地问道，"你有什么漂亮话要说给我听吗？！"

"哦，英俊，我该怎么说呢？"呜呼还是友善地微笑着，"我当然也有话要对你说。你变成了一只了不起的鸟儿，完全可以为自己的进步感到骄傲！是的，你很美。我不是指你漂亮的羽毛，或者你的

肉垂和大长腿，这些对我来说都不重要。我指的是你还拥有一个了不起的灵魂……"

"哦，停下，停下！你要把我也弄哭了！啊啊啊哇哇哇，我哭了！瞧瞧我美丽的眼睛里滚落的钻石！我哭是因为我是一个极度敏感的人，而你又恰恰触及了我金子般的心灵的最深处。"英俊开始歇斯底里地抽泣，还打起了嗝，"是的，你说得非常对，我这么聪明又勇敢，心肠柔软，无比聪明……"

"你已经说过聪明了……"闪电球嘟囔道。

"别泼我冷水，伙计！"英俊酸溜溜地还嘴道。

"好了，两位！所以你们现在懂了，对吧？英俊，你不用在脖子上戴那些奇怪的项圈。你已经很特别了！你是一个王子，还是一个时装设计师，你的裙子是整个森林里最时髦的！你已经是一个红人了！"

呜呼终于结束了他对英俊的夸赞，接着他又说道："你们能切实地为年轻人带来一些好的影响。首先，你们可以劝说他们不要追随错误的偶像，或者劝说他们不要追随那些把精力放在没有意义且肤浅的东西上的人。要做到这一点，你们必须记住什么是生命中真正重要的：我们的森林永远需要和平与和谐。"

"我们要怎么确保这一点呢？"命啊问。

"这样吧命啊，你、蝗虫总和我只管做好我们自己的事情，因为不可能人人都成为偶像！"呜呼微笑着说，"可是，英俊、闪电球和跳跳可以进行一次冒险。这趟旅程将充满危险！但到最后，你们一定会清楚地知道要怎么做才能拯救森林。"

圆桌边的所有人又一次不说话了。过了好一会儿，英俊郑重地问道："在这趟旅程中我该穿什么样的裙子？"

"你真是不可理喻！"闪电球生气地说道，"简直无可救药！你没听到这趟旅程充满危险吗？！你难道不该关心呜呼要让我们去哪儿吗？！"

"你们要去地下王国。"呜呼说。"去……什么？！"所有人都大吃一惊。

"地下王国。"呜呼耐心地重复了一遍。

"我从没听说过这个王国……"英俊困惑地嘟囔道。

"你们从没听说过它是因为还没有人去过那么远的地方。没人到过那里。尽管它就在我们脚下。"呜呼补充道,"那就这么说定了。跳跳、闪电球、英俊,我们明早再碰面,七点整,在这棵树旁边。可以吗?我会把你们护送到那个王国的入口。现在你们该回家了,尽量多睡一会儿。我再说一次,这趟旅程会充满困难和危险。但我相信只要你们齐心协力,就一定能到达目的地。"

"我根本没法好好睡觉!"英俊抱怨道,"戴着这个颈托,我觉得我的脖子就像夹在两片面包中间的热狗!"

"我还得扛着我的房子,你到底想让我们去哪里?"闪电球以一种很不高兴的语气问道。

但他们很快都安静地离开了呜呼的树洞,除了……跳跳。她本来已经跳上通往门口的台阶了,但突然又默默地放慢了脚步,最后停了下来。她感到很孤独，像是被排除在外了。呜呼来到她的身边，微笑着温暖地看着她。跳跳是他的全世界。她并不是生来就属于他，但他一直全心全意地爱着她。

"呜呼……"跳跳嗫嚅着。

"我在，跳跳。"

"你让我也去那里。"

"是的，跳跳，这是为了你自己。"

"同英俊和闪电球一起。"

"是……"

"因为你知道他们想成为偶像。"

"说实话，是的，我知道。"

"所以你也知道我……"

呜呼用他的翅膀尖抬起跳跳的下巴，让她直视着自己的眼睛，然后回答道：

"跳跳，我只知道一个事实，你是我见过的最美丽的存在，无论在哪方面。而且我绝不会骗你，相信我。你应该启发孩子们去做有益的、善良的事，就像你一直以来所做的那样。帮帮他们，跳跳。我们明天七点见，好吗？"

跳跳跳上前，靠在他的腿上放声大哭。呜呼叹了口气，用他的翅膀覆盖住她，像一个温柔的拥抱。他知道跳跳的心有多柔软，也明白她正经历一段艰难的时间，就像所有孩子都会在某个时期遇上的那样。

"跳跳，你想哭多久就哭多久，哭出来对你的心脏更好。但永远也不要忘记，你是全世界最美丽、最强大的生物！"

第十二章

被表象欺骗

　　七点整，呜呼轻轻地落在他的橡树前方。跳跳和闪电球已经在等他了。闪电球的脖子没有昨天那么粉了，也不再肿胀僵硬。看起来啄木鸟医生的药膏起了奇效。这让闪电球非常愉快。

　　"呜呼，你看，我的脖子能动了！往上往下，往左往右！"

　　为了证明他说的都是真的，闪电球转起了脖子。

　　"很高兴听到这个消息，闪电球，但请小心点，你还在恢复中。别太用力了。"充满智慧的呜呼建议道，"话说回来，英俊呢？"

　　就在这时，他们听到了声音，看到英俊过来了，他踩着矮灌木丛一路小跑，身体的重量把那些植物都压弯了。他穿着一条青蛙绿的裙子，脖子好像缩短了一点点。

"你们能看见我吗？"他大喊，"你们离那么远能看到我吗？喜欢我的绿裙子吗？我敢肯定，地下王国的每个人都会注意到它的！"

英俊的绿裙子确实显眼，即使在外太空也能一眼看见。

"我一定会在旅途中让人印象深刻的！"他补充道，"我的脖子缩短些了！啄木鸟医生刚给我换了一个短点的颈托。"

"又是一个好消息！"呜呼高兴地说，"你们准备好了吗？"

"好了！"三个人异口同声地喊道。

"那就跟我来吧！入口就在不远处！"

他沿着一条狭窄的小径往下走，跳跳、闪电球和英俊紧跟着他。

"你们在地下王国一定要非常小心。"呜呼警告他们说，"你们是第一批踏入那里的地面生物。

我不知道有什么危险等着你们，所以我也不知道该给你们什么建议。但我知道的是，地下王国的居民一点也不在乎看到的一切。你们很快就会明白我说的是什么意思了……好了，我们到入口了！"

跳跳、闪电球和英俊迷惑地看向四周。他们此处在一片空地的边缘。这就是一片普通的空地，长满了花花草草。唯一奇怪的是一些零散分布的小土包。

"这就是地下王国的入口？！"英俊问，他的失望溢于言表，"所以地下王国并不是个王国，只有草丛和土包……"

"英俊，不要被表象欺骗了。"呜呼笑着说。

"所以我不应该被事物的样子迷惑？"

"表面上的——"跳跳小声说。

"什么意思？你想说什么，小鸟？我不知道我自己在说什么吗？我听不懂话吗？"英俊不高兴地打断她。

"别这么激动，伙计，小心你的颈托裂开，哈哈哈！"闪电球大笑道，"跳跳只是想帮你更好地理解呜呼的话。你应该感谢她，别这么满腹牢骚。"

英俊安静下来。

"谢谢你，跳跳！"他说，"请告诉我呜呼说的表象是什么意思……"

跳跳带着温暖的笑意看着他。

"表象就是你的眼睛看到的，但真相可能藏在表象之下。呜呼是在提醒我们不要单单就表面看到的来判断一件事。他是在告诉我们真正重要的往往不是眼睛看到的。"

"你说得对极了，跳跳！"呜呼称赞道，"真正重要的不是眼睛看到的，而是内心感受到的。生命中真正重要的事物往往是无法被看见的，但正是它们让世界运转。你们谁能看得见友谊吗？我很怀疑。但你们感觉得到，对吗？"

跳跳、闪电球和英俊都看向彼此，然后紧紧地拥抱在一起。

"就是这样，你们一定感觉到了！"呜呼开心地总结道。他用自己的大翅膀抱住了他的三个朋友。

"你看，我希望你们感到害怕的时候能够拥抱彼此。拥抱可以给我们力量和信心，我选你们去走这一趟没有选错。最后，有个叫'石头心'的家伙在等着你们，他是地下王国中最年长、最睿智的。他会决定你们是否完成了这趟旅程，是否可以返回地面。"

"天哪！我们完了！"闪电球叹气道，"如果他和他的名字一样，我打赌石头心永远不会让我们回来。这是个海盗的名字！"

"小心哟，闪电球，你还在被表象蒙蔽。他并没有那么可怕。"鸣呼试着安慰三位朋友。

"可他为什么叫石头心？"跳跳问道。她的好奇心一如既往地旺盛。

"好了，我亲爱的朋友们，这是一个很特别的故事。我会把一切都告诉你们，然后你们就该启程了。"

第十三章
石头心

"年轻的时候，石头心住在人类的世界。他在一个花园下面为自己挖了一个完美的家，在那里和他的妻子及两个幼崽一起过着幸福的生活。可是有一天，他的家人没有按时回家。他拼命地找了他们一天一夜。他呼唤着他们的名字，喉咙都沙哑了。他想至少让他找到家人留下的气味，却还是徒劳无功。一阵子后，他筋疲力尽、积忧成疾，不得不停下。他觉得他已经永远失去他们了。所以他……放弃了。他不再关心任何事、任何人，甚至是他自己。他的心变得像石头一样。他的整个家庭都没了，生活已经没有意义了。

"幸运的是，一个女孩出现在他安家的那个花园里。那个女孩想捉一只蝴蝶，她一直没有放弃，最后终于成功了。随后她小声地对那只蝴蝶说：'亲爱的蝴蝶，请不要让任何人剪掉你的翅膀。它们会带着你越飞越高，飞向天空。'我们勇敢的英雄听到了她的话，也明白了她表达的意思。她是在告诉那只蝴蝶永远不要放弃他最伟大的梦想，无论它有多难实现。她是在告诉他永远不要放弃希望。就在那一刻，石头心决定重新寻找他的家人！最终他找到了他的妻子和孩子！他的家人在大花园里迷了路，而他幸运地在附近找到了他们！他们又在人类世界幸福地生活了一阵子，但他们最终还是决定搬到这儿，搬到我们的森林里来。他们一起建立了地下王国，但那已经是很久以前的事了。这里就是通向他们王国的入口！"

呜呼讲完了故事，然后将一个中间有洞的小土包指给跳跳、闪电球和英俊。这个醪丘看起来像一座小型火山，火山口应该就是入口。

"我们就从这里去地下王国吗？"闪电球十分

不解地问，"跳跳和我倒是能顺着滑进去，可是这位英俊的朋友，以他的吨位……"

"什么？！你再说一次，你这个棒棒糖雕像，你是在说我太胖了吗？"英俊火冒三丈地咯咯叫道。

"我只是客观地陈述，以你的宽度很难通过那个微小的洞。"闪电球冷静地指出，"我才不在乎你胖不胖，你做你自己就好。"

"不，你错了！我是苗条英俊，我像根竹竿一样瘦。为了证明给你看，我要第一个进入这该死的王国！还有，为了行动更加方便、灵活、优雅，我要取掉我的颈托！你们等着瞧吧！再见，呜呼，等我们回来！"英俊说完，用力扯下啄木鸟医生精心为他设计的颈托，扔在地上。

英俊登上土包，双翅像芭蕾舞演员那样举过头顶，然后一头扎进了洞里。可是，不出所料地，他被卡住了，像玻璃瓶的瓶塞一样。闪电球爆笑起来。

"我看到你的卡通内裤了！"

英俊太生气了，他屏住呼吸，让自己再收紧一点，然后倏地消失在洞里。所有人都如释重负地松了口气。

"我最好也赶快过去!"闪电球兴致勃勃地说,"再见,呜呼!"

说完他就向那个被英俊撑大了一点点的洞口冲去。跳跳看向呜呼。

"我相信你,跳跳!"呜呼对她说,"我知道你回来的时候一定比现在更强大、更聪明!"

"我保证会的,呜呼!"跳跳笑着答应道。

接着她毫不犹豫地跳进那个黑暗的洞里,像是从一个虚拟通道去往地心。

第十四章

地下王国的
各种谜团

　　一跳进那个洞里，跳跳就惊讶地发现自己顺着一条长得难以想象的隧道一路向下滑去。里面一片漆黑，她什么也看不见，就像是坐上了一条没有尽头的滑道。她正想着自己最后会落在哪里，就冲出了隧道，开始自由落体。但……

　　"这里，我接住你了！"

　　她落在了一个柔软的东西上。英俊用翅膀接住了她。

　　"太谢谢你了，英俊！"跳跳感激地说。

　　"我的荣幸！"英俊回答，他总是这么有绅士风度。"英俊先生随时听您调配，不分昼夜！"他自豪地补充道。

"我希望你对我也这么彬彬有礼，你这个小丑！"一个声音在附近说。是闪电球。

"首先，你不像跳跳，她是个可爱的小姑娘；其次，你胆大妄为地直接落在了我头上，甚至没有经过我的允许！"英俊回击道，"你的壳像石头一样硬，差点把我漂亮的脑袋砸开！"

"原谅我，我的朋友。"闪电球接受了这个说法，因为他意识到自己确实在无意间袭击了英俊，"还好你够结实，承受住了我的重量，你也救了我！如果不是你，我的壳会摔碎的！"

他们的眼睛渐渐适应了黑暗，然后发现自己正处在一个巨大的地下洞穴中。这个洞看起来有医院所在的那个山洞那么大，但是一点光都没有。更准确地说是一点自然光都没有。因为有什么东西在黑暗中发出了温柔的微光——一些奇怪的卵石在他们身边投下奶白色的光晕。洞穴顶上也有这样的卵石，看起来像各种形状、各种大小的快要熄灭的灯泡。但它们给出的微弱的光已经足够跳跳、闪电球和英俊看出他们来到了一个什么样的地方。

这个洞穴看起来像一个规整的圆形大厅，四周都是土墙，那些土由于太过干燥已经变成了砖。地面也是这样，所以闪电球如果不是落在了英俊头上，一定会把壳摔得粉碎。他们三个很快明白了这并不是医院那样天然的洞穴。这个洞是在不知道多少年前，由地下王国的居民精心挖掘出来的。他们走近了些，想仔细看看洞顶。然后，他们便发现那些嵌在上面的发光的卵石看起来像是……星星！让人费解的是，他们发现有一颗最大的石头呈现出完美的圆形，就像夜空中明亮的月亮！如果你再靠近点，就会发现那些发光的小圆石组成了大熊星座和小熊星座！他

们所在的这个大厅富丽堂皇，是一件真正的艺术品。这个王国的居民在地下复制了整个苍穹！然而，还有更多惊喜在等待着他们，因为

英俊突然喜不自禁地叫起来："我在发光！"

　　跳跳和闪电球立刻看向他，他们被英俊身上发生的事吓到了，他可能不小心吞下了一颗卵石！但英俊正在欣赏他的裙子，它是真的在发光。那条裙子变成了荧光绿色的。

　　"我跟你们说了每个人都能在很远的地方看到它！"他得意扬扬地眨了下眼睛，对他的朋友们说。

　　可是有谁在这里欣赏他的裙子呢？这里一个人都没有！甚至连一个鬼影都没有！只有他们三个和那些发光的石头。他们正想着接下来要怎么做、要往哪里去，突然一个洪亮的金属般的声音响起，让

他们的血液一下子凝固了。仿佛是地球的核心在对他们说话：

"你们已经进入了地下王国。只有心灵纯净、懂得生命真正意义，以及能让这个世界变得更好的人，才能从这里出去。"

三个伙伴这下是真的吓坏了，他们环视着大厅，企图找到声音的源头，但失败了。毕竟，那些卵石发出的光十分微弱。他们连两步之外都看不清，更不用说那些隐秘的角落了。这声音是谁发出的都有可能。

然而那个声音又继续了：

"那么，你们的旅程开始了。你们必须完成三个任务，可以选择团体合作或单人完成。如果你们能成功完成前两个，就可以看到地下王国的居民在这里建造了什么，并且了解他们是怎么做到的。也许你们能学到一些有价值的东西……在那之后，还有最后一个任务，也是最难的一个。只有完成最后一个任务的人才可以回家。"

跳跳想问个问题，但是那个洪亮的声音不容被打断。

　　"还有一件重要的事要注意！你们不能说话，免得我改变主意。一个字也不行。你们要跟随我的指令，并且只有在被问到时才能回答。注意，是被我问到时。现在看向你们的左边。你们会发现这些发光的卵石组成了一条小路，这条小路通向墙。跟着这条路，很快你们就会进入另一个大厅。第一个任务在那里等着你们，但动身之前，记住我的忠告，记得依靠彼此。不要依赖那些眼睛看到的，而是相信你们所了解的彼此。让心指引你们完成挑战。不是你们的眼睛，而是你们的心。祝你们好运！"

　　随后那个声音就消失在黑暗中，他们又只剩自己了。

　　跳跳、闪电球和英俊按照那个声音说的，谨慎地看向左边。他们确实看到了一条由发光的石头组成的小路，小路一直通向墙壁。通向墙壁？！他们要走进墙里吗？！闪电球想提问，但英俊飞快地用翅膀捂住了他的嘴。他们同时松了一口气。闪电球差点打破了地下王国绝对沉默的规则，幸好他的朋友及时阻止了他。他们一起开始沿着发光的小路向前走，来到墙边后，他们发现墙里有一条黑黑的隧道。或者说是一个隧道的入口，但是这个入口并不宽敞，没法让他们一起通过。闪电球冲到他的两个伙伴面前，认真地看着他们，仿佛在说："我先走。我离地面最近，所以我最能在黑暗中感知到危险。即便看不见，我也能感受到。跟着我。"

跳跳和英俊看懂了他的眼神。于是闪电球率先钻进了隧道，其他两人紧跟在他身后。一段时间内，那些发光的卵石还能为他们指引道路，但它们渐渐离得越来越远。突然间，他们听到一些模糊的哗哗声，或者汩汩声。那声音越来越大。三个伙伴觉得他们正走在一条湍急的河流边上。他们小心翼翼地往前走，终于来到了另一个大厅。

第十五章

深渊之上

卵石的光芒消失在第二个大厅的入口处。因此，他们无法判断这个大厅是不是比第一个还大。但他们看到了一些东西，突然僵在了原地。面前有很多排成行的石头，最后一块几乎悬在一个断崖边缘。前方是一个黑暗的、深不见底的深渊。在下面的某处，他们能听到一条地下河汹涌奔流的声音。那声音响亮而清晰，他们甚至能感觉到它冰冷的触感，因为河水拍在石头上，化成了水雾，升腾到上面的大厅里。一道不比婴儿的手掌宽多少的桥架在深渊上，从一边的悬崖通向……应该是另一边。这桥实际上就是一条长长的木板，比英俊脖子上的夹板还要细！那个金属般的声音又一次在黑暗中响起：

"这就是你们的第一个任务。你们必须通过这座桥到达深渊的另一边。你们什么也看不见，只能依靠自己的感觉和力量。以及，在需要的时候，依靠彼此。记住，无论你们中的谁从上面掉下去，都会就此失踪。你们下方那条湍急的河流向山腹，但没人知道它最终通往哪里。即使是我们这些地下王国的居民，也不知道它的流向。如果你们三个都掉了下去，就会全部永远消失。请在我数到三时登上那座桥。一！"

跳跳、闪电球和英俊互相看了一眼，无声地制订了一个计划。他们显然是被要求排成一列。可谁走在第一个呢？

"二！"

他们要怎么依靠彼此呢？闪电球没有手，也没有腿和脚。他只有壳和两只触须形状的眼睛。跳跳没有翅膀，所以她只能在木板上走。

"三！"

英俊是唯一有翅膀的。如果有必要，只有他能用翅膀带上他的两个朋友。因此，他很明显得走在

跳跳和闪电球中间。可是，谁应该走在队伍最前面呢？跳跳在她还是一只雏鸟时就被呜呼训练着在小树枝上跳着走，并且能绕过树枝上的节疤和树叶。当然，那是在她能看见的情况下！可是现在，她什么都看不见，那座桥漆黑一片。如果她被绊倒了，她会掉进下面的深渊，但如果是闪电球爬行着过桥，有任何障碍他的身体都能感受到。就算他撞到了头，也不会掉下去，因为他紧贴在木板上。可能头会很痛，但无论如何，他能活着。

"出发吧！"

他们决定好了。闪电球又一次冲在前面，但在即将上桥时减了速。英俊跟着他上了桥，用他的左翅膀碰着闪电球的壳。跳跳在英俊之后跳了上去，英俊把右翅膀留给了她。他走在中间，两个朋友都在他翅膀尖能触及的范围内。同他的接触就是他们的生命线，是一条把他们三个连接在一起的无形的纽带，是面临着又一个生死难关的伙伴之间牢不可破的友谊纽带。这次，他们需要一起渡过这个难关。闪电球开始沿着桥前进。他没有像他平时那样急匆匆的。他移动得很慢，但很坚定。英俊紧紧地跟着他。跳跳紧跟着英俊的脚步。他们很快就离开了消失在桥头的发光的卵石，向着黑暗走去。前方一丝光亮也没有。就连英俊的裙子也不再发光了。

　　紧张的几分钟过后，他们一同回头望去，那些发光的石头已经只剩黑暗里的一点微光，很快也被黑暗吞没。三个朋友什么也看不见。他们不被允许交谈，所以也无法相互鼓励、相互安慰。除了下方汹涌的水流声，他们什么也听不见，河流溅起的水雾一片冰凉，让他们忍不住直打寒战。这个大厅里的寒意已经渗透到他们的皮肉和骨头里，河流带来的湿意让木桥十分滑。闪电球倒是无所谓。木桥对他来说已经够宽了。他在上面移动毫无困难。他能感觉到英俊的翅膀尖搭在他的壳上，这就证明英俊和跳跳都还安全地跟在他身后。

　　那英俊是不是和闪电球一样放松呢？不，他并没有。直立行走可是比爬行难多了。他又大又厚的爪子比木板要宽，因此英俊发现自己很难保持平衡。脆弱的桥开始随着他的脚步颤抖。他们走得越远，桥就抖得越厉害。狭窄的木板随着英俊的脚步上下起伏。闪电球贴着桥面爬行，感觉很顺利。但英俊觉得越来越难控制平衡了。而跳跳……跳跳处在最危险的位置上。走在最后的她能准确地感知到木桥的每一次颤动。她几乎没让她的脚停留在桥面上，因为她感觉自己随时可能被发射到空中。英俊留意到她的难处，试图用自己的右翅膀尽可能地帮帮她。但突然……

"不——！"跳跳尖叫起来，她感觉到木桥把她弹了到黑黢黢的半空中。

她拼尽全力用脚去碰桥面，但是没碰到。英俊意识到发生了什么，拼命将翅膀向后伸展，希望能在跳跳落下来时接住她。然而这个突然的姿势导致他的一只脚从桥上滑了出去。他以为自己完了！他以为自己会掉入深渊，救不了跳跳了。

可就在这时，他感觉有人抓住了他左边的翅膀，

想把他拉回桥上。是闪电球！闪电球一感觉到朋友的翅膀离开了他的壳，就立马采取了行动。

闪电球爆发出不可思议的速度和力量，一下子转过身咬住了英俊的翅膀尖。你可能觉得难以置信——尽管在这本书里没什么不可能或者无法相信的——但我们的蜗牛朋友就像一个吸盘一样牢牢地粘在桥上，并且拉住了英俊，直到他踩空的脚重新落回桥上。而且就在他站稳的那一刻，跳跳也安全地落在了他的右翅膀里！

他们都沉默了好一会儿。闪电球的牙齿还咬着英俊的翅膀尖，而英俊的右翅膀还伸在桥上，托着跳跳。他们的心脏都在胸腔里剧烈地跳动着，像鼓声一样。他们差点就死了。如果英俊没有展开翅膀，跳跳就掉进深渊了。如果闪电球没有咬住英俊的翅膀，英俊就跟着跳跳摔死了。如果闪电球……谁能想到蜗牛的牙齿能承受住一只结实的火鸡的重量？！幸运的是他们拯救了彼此。他们一动不动地待了一会儿，等心跳都恢复正常后，跳跳从英俊的翅膀上跳下来，开始用她的脚感受着木板，努力让自己不要滑倒或被绊倒。英俊缓缓地抬起他的翅膀，轻轻地贴上跳跳小小的胸膛。他想感受一下她的心跳，确保她没有受伤，还安然无恙地站在他身边。接着他让自己的双腿更牢固地立在桥面上，又轻轻地拉了拉自己还被闪电球咬着的左翅膀。闪电球立刻明白他的朋友们都安全了。他松开英俊的翅膀，还是把它放在自己的壳上，然后转过身，重新朝着他们一开始前进的方向。

　　一点一点地，木板桥的颤动幅度越来越小。他们意识到已经走过一半的路程，越来越接近桥的另一端了。这样的认知给了他们力量，也激发了他们的信心。三个小伙伴更加自信地往前挪动，没过多久，就瞥见了前方一点微弱的光亮。是发光的卵石！没错，桥的那头、深渊的另一边有发光的小圆石！所以他们就要到了！当他们终于踏上坚固的地面，回到安全的地方，三个小伙伴在一块发光的石头边拥抱在一起。准确地说，是英俊用他的翅膀将跳跳和闪电球紧紧抱在了怀里，抱了好一会儿。突然，那个金属般的声音打断了这个温情的时刻。

"你们已经通过了第一个考验，在看不见的情况下拯救了彼此。因为你们需要的不是看见对方，而是感受到对方。接下来，第二个考验即将开始，这些发光的石头会带你们过去。"

洪亮的声音消失了。

跳跳和闪电球从英俊的翅膀下钻出来，闪电球又一次一马当先地冲在他的两个朋友前面，沿着发光的卵石组成的小路，前往第三个大厅。

第十六章

你在你爱的人身上
看到了什么?

第三个大厅比前两个小一点,和一套房屋或公寓里的客厅差不多大。发光的卵石为整个大厅提供了充足的光线。地面上、天花板上和墙上布满了这种石头。整个大厅里像是洒满了亮片,让人眼花缭乱。其中一面很大的墙变成了一个入口,通向……其他某个地方。

那个声音又响了起来:"第二个考验开始。你们要一个一个地通过面前的那扇门,顺着小路走到底。到了那里,会有人问你们一个问题。你们要自己回答,而答错的人……"

声音再次沉寂下去。跳跳、英俊和闪电球看向彼此。感谢这里的光,他们现在看得清楚多了。跳跳再次走向英俊，闪电球明白，他们需要一个相互安慰的拥抱，于是他也飞快地冲到他们身边。在英俊的翅膀下，他意识到跳跳想第一个走进那扇新的门。跳跳也感受到她的朋友们决定成全她的心愿，并且他们都很欣赏她敢于冒险进入未知世界的勇气，以及第一个面对第二项考验的勇气。跳跳从英俊的翅膀下钻出来，随后闪电球也钻了出来。跳跳又一次看了看她的朋友们，然后毫不犹豫地跳着穿过了墙上的那道门。出现在她前方的是一条长长的、明亮的路，路上布满了发光的石头。她一直往前走，来到路的尽头，发现了一个小小的房间。在这里她又听到了那个洪亮的声音：

"你已经到了。接下来，我要问你一个问题，如果你答对了，我会让你回到朋友们身边。但如果答错了，你脚下的地面就会裂开，你会坠入地心最深处，再也不会出现了。我的问题是：当你看着你的朋友时，你看见了什么？你在英俊和闪电球身上看到了什么？"

跳跳不敢相信。"这是我听到过的最简单的问题了！他们怎么会问我看着他们时看见了什么？英俊就是一只大火鸡，长着漂亮的肉垂、强壮的双腿、柔软的羽毛，还穿着一条裙子！一条华丽的裙子，他可能会这么说！而闪电球就是一只普通的蜗牛，背着一个壳，头上顶着两只长长的眼睛。这个声音是什么意思……等一下！不要让自己被表象欺骗！表象！"跳跳想起来，"地下王国的居民们不在意外表。这才是这个问题的意义！我在他们身上看到了什么用眼睛看不到的呢？我知道答案了！"跳跳用最自信的声音回答道："英俊的心比他的身体更宽广。尽管他的身体一点也不小！他看起来虚荣又肤浅，很多人都觉得他只在意自己的外表，但我知道他不是这样的。他很关心身边的人，愿意为他们牺牲自己。只要他觉得有必要，就会出手干预，在帮助别人时他从不犹豫。他还非常勇敢。而闪电球也不仅仅是一只普通的蜗牛。在我还是一只很小的鸟时，他就和鸣呼一起教导我相信自己，相信自己的能力。

是他教会我，即使其他人都不相信你能实现自己的梦想，也千万不要放弃。闪电球说他能跑得很快时，所有人都嘲笑他，都觉得他在开玩笑，但他证明了那些人都是错的。他向那些人展示了他的速度有多快。他是整个森林里跑得最快的！不仅如此，他是那么热爱阅读，因此他的知识十分渊博。他是一个了不起的老师，在学校里教授了学生很多有用的知识。他耐心善良、细心周到，此外，他收集的知识比书店里的都多。事实上，他还非常慷慨，把他的整个图书馆都捐给了学校。这就是我从我的朋友们身上看到的，我为他们感到骄傲，我非常爱他们，希望他们也能在我身上看见同样的东西，那样就能让他们知道我有多欣赏他们。"

　　跳跳回答了她的问题。

"我们很快就会知道，他们看着你时会看见什么。"那个金属般的声音回荡着，"不过你的答案是正确的，你可以回朋友们那儿了。"

　　跳跳飞快地跑过那条明亮的路，回到她的朋友们身边。她看着他们的眼睛，看到了他们等待她时的紧张。她的眼睛里闪着光。闪电球和英俊被她温暖的目光安抚了，他们在跳跳眼中看到了她的友善和永无止境的爱。亲爱的跳跳，他们亲爱的朋友。闪电球和英俊面对彼此时总表现得像叛逆的青少年，但他们的内心却无比温暖，看着跳跳，他们流下了受触动的眼泪。他们觉得自己已经准备好面对第二个考验了。跳跳的勇气给了他们力量。英俊第二个穿过了那条光线充足的路。

　　"英俊，你在你的朋友们身上看到了什么？"

　　英俊没有丝毫犹豫地回答："在跳跳的眼睛里，我能看到让世界变得更好所需要的一切。我能看到善良、勇气、宽容和自信。除了这些，我还看到了很多。最让我惊讶的，是这些美好的品质都隐藏在那个小小的身体里。外表可能有误导性，不是吗？当我看着闪电球，我知道他是我有生以来最好的朋友，尽管他还没有我的肉垂大。有的时候他简直疯了，还有些时候他把我气得直冒烟。但他是我的兄弟，尽管他长得没有特别帅，也没什么时尚品位，但那些都不重要，不是吗？"

英俊觉得那个声音在努力抑制着笑意。但一会儿后，他给出了答案：

"对，那些都不重要。你说得很对。你可以回去找你的朋友们了。"

英俊飞快地回到他的朋友们身边。他对跳跳和闪电球露出一个得意扬扬又充满感情的笑容。闪电球如旋风般从他们身边刮过，冲到路尽头的房间里。很快他就听到了同一个问题：

"闪电球，你在你的朋友们身上看到了什么？"

"我看到的和大家在他们身上看到的一样！"闪电球回答，"我看到他们让我的生命变得更美好。无论是晴天还是下雨，他们的出现都让我的日子更加美丽。有他们的陪伴，就算做噩梦或者牙疼，我都会觉得更快乐了。这段友谊让我更富有，即便我将仅有的那些书籍都捐了出去。我不再感到孤单，也不再遭人误解。只要我有需要，朋友们就会在我身边。我看到有人和我一起开怀大笑。好吧，老实说，我确实喜欢开英俊的玩笑，但他也是这么对我的，所以我们扯平了。这就是我在朋友们身上看到的！我的眼睛欺骗了我吗？"

"不，它们没有，闪电球！你的眼神很好！"那个声音肯定道，"我就知道你头上这双望远镜一样圆鼓鼓的眼睛不会只是摆着看的！它们帮你看到了表象下面的东西！你可以回到你的朋友们那儿去了，你配得上这段友谊。"

两秒之后，闪电球就回到了那个明亮的大厅，回到了跳跳和英俊身边。那个声音对他们宣布道：

"你们都已经完成了第二个考验。现在，你们可以参观一下我们的世界，观察我们怎样生活，又为什么这样生活。参观完毕后，你们就要接受第三个，也是最后一个考验。我希望你们都能完成它。接下来的几个小时，你们可以在这个王国随意闲逛。"

就在这时，其中一面墙里传出巨大的敲击声。不只是敲击声，还有巨大的撞击声。最后，一部分墙体坍塌下来，出现了一个豁开的洞。

第十七章

不被看见的
王国里的奇景

　　跳跳、闪电球和英俊敬畏地看了看那些落在地上的大石块，又看了看墙上，它们片刻之前所在的位置。他们谨慎地向洞口靠近。英俊伸着他的长脖子，想看看墙后面有什么。

　　"墙那边一个人也没有。不管是谁弄塌了墙，他都已经走远了。也许他们这么做就是为了给我们制造一个入口。我们要进去吗？"他怀疑地问道。

　　"我们当然要进去！"跳跳兴奋地说，"那个声音邀请我们随心所欲地参观这个王国。所以，我们走吧！"

　　"我先走！"闪电球高喊着从他们身边冲过，率先穿过了墙上的洞。

很快他们就听见他惊呼道："噢，我的壳啊！我还以为天堂是在天上，不是在地下！但是，这就是天堂的样子吧！"

跳跳和英俊跟在闪电球后面，一踏入那个洞口，见到的景象就让他们屏住了呼吸。他们在墙的另一边见到的确实是一个王国。一个让人赞叹的王国！这里没有天花板，也没有墙。呈现在他们面前的是一个广阔无垠的空间，被一个类似太阳的东西照亮。而地上……没错，他们好像真的进入了天堂。从他们刚刚穿过的那面墙的墙脚，一条砖石路蜿蜒着通向地平线，而在路的两边，簇拥着繁茂的花朵。那些鲜花各式各样。有郁金香、蔓生的玫瑰、散发着甜蜜香气的铃兰、白色和粉色的百合、黄水仙，还有紫丁香。用石头雕刻的灯柱高高地矗立在道路两旁，排成两列。每一盏灯球里都有一颗发光的圆石，帮助他们照亮小径的前方。高高矮矮的树散布在花丛中，枝叶被修剪成奇特的形状。有的是螺旋形，有的是风扇形，还有方块形和球形。四周还有很多雕像，都是地面上森林里的各种野生动物：鹿、熊、大象、长颈鹿、狼，甚至鸟儿，都雕刻得栩栩如生，看上去就像正在修剪平整的草丛里啄食着什么。

跳跳、闪电球和英俊沿着砖石路往这个让人惊叹的国度里越走越深。他们不断被沿路的各种奇景惊艳，什么话也说不出来。只有闪电球时不时发出无意义的感叹：

"哇哦——噢——噢，我的壳啊！难以置信！美呆了！"

过了一会儿，他们偶然发现了一个果园，里面种着所有能想象到的果树，被缀满枝头的成熟果实压弯了腰：苹果、梨子、香蕉、橘子、杧果、樱桃，还有柠檬。经过果园后，三个伙伴发现了一个巨大的湖泊，一道瀑布从高处坠下，落入湖中，溅起阵阵水花。他们甚至看不到瀑布的源头，因为那轮"太阳"的光芒太耀眼了。湖边有一些石头和木头长椅，还有一片被开花的灌木丛圈出的空地，他们在里面看见了一个给孩子们玩耍的游乐场。游乐场里什么都有：秋千、旋转木马、滑梯，还有小小的、可以攀爬的房屋。

然而没有人在这里玩耍。那些应该待在附近照看的人没有露出踪影。跳跳、闪电球和英俊很想见见创造了这个地下天堂的非凡生物，这个地方如此壮观，简直美得超凡脱俗！他们又四处走了走，欣赏着周围的景致，但最终还是停下了脚步。他们不知道接下来该去哪儿了。

"我们现在该做什么？"闪电球问出了大家的疑惑。

"你们现在要经受第三个，也是最后一个考验了！"洪亮的金属声响彻这片地方，"有一艘船正在湖岸边等着你们，它会带你们去最后一个大厅，那里可能成为你们所有人的终点，也可能是一个崭新的起点。"

三个朋友看见了泊在水边的小船。他们很快地跳上船，却发现船里既没有桨，也没有引擎或船舵，但他们不需要那些东西，因为船自己航行了起来，

迅速地向着湖对岸漂去。三个伙伴又安静了下来。他们经历了太多事情，能自己航行的船已经无法震惊他们了。他们在想，这会不会是他们最后团聚的时刻。他们能否一同全身而退。还是只有两个人可以。或者只有一个人。甚至一个人都没有。

　　小船终于到达了湖的另一边，很快就停泊在湿润的沙滩上。跳跳、闪电球和英俊跳上岸。几步之外，有一张大地毯铺在草地上。那块地毯是用草叶和小花编织而成的。那个金属声再一次响起来："到地毯边来，但不要踩上去。"

　　跳跳、闪电球和英俊各自站在地毯的一边。他们的心脏剧烈地跳动着：怦，怦，怦。他们甚至不敢猜测等着他们的是什么。那个声音接着说道：

　　"现在是证明你们有多关心彼此的时候了。你

们要展现出友谊对你们来说真正意味着什么。要证明自己真正愿意为对方做任何事。这样的事情总是说起来比做起来容易。你们准备好了吗？"

"是的，我们准备好了！"跳跳、闪电球和英俊齐声回答道。

"那好。这个考验很简单。你们中的一个必须为其他两人牺牲自己。只有你们之中有一个人决定永远留在这儿，其余的两个人才会被允许回到地面。那个人必须站到地毯上，并且永远留在地下王国。"

三个伙伴感觉自己像被一道狂风击倒。他们中的一个必须永远留在地下，其他两个才能回到他们亲爱的森林。这是多么大的牺牲啊！他们中有一个人将永远无法再见到那个他们出生、长大，并有可能在那儿结婚、生子的世界。他们中有一个人余生都要留在地下，留在无穷无尽的黑暗里，留在发光的小卵石那黯淡的光芒里。他们中有一个人将永远无法再感受到风、雨、雪或阳光落在身上的温度。

谁该被留下呢？

跳跳、闪电球和英俊最后一次相拥在英俊温暖又安全的翅膀下。他们一个字都没有说，但都想起了过去这些年他们一起经历的一切。他们是怎么认识的；怎么一起从成堆的垃圾、可怕的大火和浓烟，以及酥片和电脑游戏中拯救了森林；怎么找到了希望的父母，还发现了一个新世界；怎么在遇到困难时相互支持、在美好的日子里分享喜悦。他们想起了呜呼、雪球、命啊、伟大的委顿、蝗虫总、棕熊帕迪和其他的朋友们，他们曾一起努力，让生活变得更美好、更轻松、更愉快。

　　他们其中一个会带着这些回忆留下。他们其中一个要同其他两位伙伴告别，这是他们一起经历的最后一场冒险，他们的地下王国之旅。

　　可是谁该被留下呢？

　　三个伙伴松开彼此，最后一次深深地凝视另外两人。然后，他们三个在地毯前站成一行。英俊在中间，他的右翅膀尖搭在闪电球的壳上，左翅膀尖搭在跳跳的头上。接着他们同时大声说道：

"我们准备好了。"

那个声音宣布："我数到三，准备好为了朋友牺牲自己的人请往前一步踏上地毯。一！二！三！"

第十八章

看不见的
生活里的奇迹

你问谁踏上了地毯？

当那个声音数到三，三个伙伴都往前走了一步。同时。他们都乐意为其他两人牺牲自己。毫不迟疑。

一踏上鲜花地毯，他们就掉了下去，就像最初踏上这趟旅程时，一路仿佛滑向地球最深处那次一样。只不过这次他们不是一个接着一个往下滑的，而是手拉手并排往下滑。这个通道比开始那个宽得多。惊慌失措中，三人将压抑已久的情绪都发泄了出来：

"噢——我的壳——啊！"闪电球高声大喊。

"我感觉我飞起来了⋯⋯"跳跳喃喃道，"这是我最后一次飞了吧⋯⋯"

"我的裙子飞到头上了！我死的时候内裤会露在外面！"英俊用尽全身力气咆哮。

他们都相信这就是结局了。那个声音明确地告诉了他们，谁踏上地毯，谁就会永远留在地下王国。但那个声音没具体说是活着留在这儿还是死掉……所以，他们很害怕在这段不知道是长是短的可怕飞行后，会摔个粉碎，或者被一些恐怖的东西刺穿身体。然而，他们掉进了一片水域。事实上，他们掉进了一条奔涌的地下河，就像坐上了一条水滑梯，通向……

通向一道瀑布，他们从瀑布掉了下去，被扔进了……

一个浅水湖。

他们没有丝毫损伤地着陆了。

英俊轻轻抹去眼睛上的水，跳跳和闪电球也一样。等三个伙伴回过神来，他们发现自己回到了那个天堂般的大厅里。那个最大的花园大厅，或者说果园大厅。瀑布把他们扔到了靠近游乐场一侧的湖岸边。

只不过这个大厅不再空无一人……

一个全身长着白色皮毛的小生物站在湖边。好吧，白色的皮毛只从他穿着的白色连体裤下露出来。他的眼睛被一副墨镜挡住了，个头比跳跳稍微大一点，但比英俊小很多。他用后腿站立，前爪握着一根拐杖，就像盲人一样。盲人都是天生有某种视力障碍，或者因一场不幸的事故、一种疾病中失去了视力。这个白色的小生物周围还有数百个和他相似的小生物，外表和白色那个一模一样，区别只在于他们的皮毛都是深色的。他们也穿着连体裤、戴着墨镜。尽管有高有矮、有胖有瘦，他们看起来都非常相似。这种惊人的相似有一部分原因可能是他们都穿着同样的衣服。

那个白色的生物先开了口："欢迎你们！我叫托比，人们也叫我石头心。"

他向三个伙伴露出了一个大大的、温暖的笑容。跳跳、闪电球和英俊立刻就认出了他：他就是那个

声音的主人！所以，是他指引他们穿过地下王国的通道，是他决定了考验他们的内容，而且他还能决定，每一次，他们的生死。他就是石头心，呜呼在他们进入地下王国之前提到的那个人。托比·石头心！而托比和其他生物都是……

"是的，我们是鼹鼠。这个地下王国是鼹鼠的世界。你们欣赏到的这一切都是我们建造的，尽管我们和蝙蝠一样，几乎什么都看不见。这就是为什么我们都戴着墨镜，并不是为了装酷。这也是为什么我们都穿一样的衣服，因为既然我们什么都看不见，那穿什么都一样。"

在惊愕中消化了一会儿后，跳跳鼓起勇气问道："可是如果看不见，那你们是怎么建起这座地下天堂的呢？"

"通过齐心协力，跳跳！"托比·石头心回答，"不管做什么事情，我们都会一起做。我们通过感觉做事，而且特别依靠彼此，无条件地相互支持。我们组成了一支了不起的团队，任何事情都能完成。而且，我们已经知道上面的世界能提供什么资源了。我们把鼹丘挖在你们的森林里，或者靠近人类的地方，这样就能经常上去。我们喜欢大多数生物，但也有一些不喜欢的，因为他们很没礼貌。他们对其他人太过冷漠。我们是一个关系紧密的大家族，总是相互关心、相互照顾。只要我们当中有人需要帮助，其他人都会伸出援手。有一个人学会了某项技能，就会教给其他人。同时我们也时刻关注着那些能把这里建设得更好、更美丽的事物。"

"我们阅读了大量用盲文写的书，盲文是一种给视障人士使用的读写系统。那些书里不是普通的文字，而是可以用手指尖感受到的小凸点。这些书籍帮我们了解了几乎所有想知道的知识，比如上面的世界，比如人类或动物。如果有喜欢的，我们就在下面的世界复制出来。有一只鼹鼠很喜欢种花，于是他就教所有鼹鼠种花和养花，你们在田野上看到

的那些美丽的黄水仙和郁金香，它们的球茎和种子都是从上面的世界带下来的。另一只鼹鼠喜欢雕刻，就教会了我们如何制作雕像。其他鼹鼠选择了种树，料理果园、湖泊，照看游乐场、老年之家、厨房，以及我们养育教导幼崽的学校和教育中心。如果我们中有谁获得了一点有用的知识或技能，都会开心地分享给大家。我们几乎一直在一起，一起工作，一起玩耍。当有新的生命诞生在地下王国，大家都会高兴；当有成员离开这个世界，我们也会一同哭泣。最重要的是，我们并不在意自己的外表是什么样的。不是因为我们本来就看不见，而是因为我们自小就被教育不要太在意外表。我们也不使用带侮辱性或冒犯性的词语。当你不喜欢一个人的长相时，你会用某个词……"

英俊急于提供帮助，答案已经冲到了他嘴边："丑……"

"停！我并不想学会这个词！"托比制止了英俊，"我们不需要这样的词语。不管我们个性如何，长相都是这样。在这里，在地下王国里，真正重要的是……你能为部落做些什么。你的部落又能为你做些什么。这些才是我们的价值。我们很高兴你们能来到这儿。我们有信心，你们在这儿学到的东西能帮你们把上面的世界变得更好。我听说你们遇到了一些棘手的事情……你们那个世界的年轻人开始崇拜那些不能给他们带来积极影响的人。"

"没错，你是对的。"跳跳承认道，"我也觉得来这儿一趟对我们帮助很大。我觉得我们三个都上了一节很有意义的课。"

"对！"闪电球和英俊激动地附和道。

可闪电球还有一个非常急迫的问题要问。

"我们通过考验了，是不是？包括第三个考验，对吗？"

"三个考验你们都通过了。"托比回答道，"祝贺你们！"

"我们一度有生命危险，对吗？我们可能冻死在桥上，或者死在第三项考

验中，对吧？如果我们最后失败了会怎样？如果

我们拒绝踏上地毯，你会把我们

都留在这儿，是吗？"

"你们从未处于危险

之中。"托比微笑着说，"我

们不是野兽，也从没想过伤害任何人。

尽管人类发现我们的鼹丘出现在他们的

花园时会很生气……在木桥考验中，你

们离水只有几英寸[①]。没有什么深渊，也没有什

么悬崖，但你们不会知道，因为周围一片漆黑。

即使你们掉进水里，也会安然无恙。而且，即使你

们没有通过最后一个考验，我们也不会永远把你们

扣押在这里。但是，我觉得有必要让你们相信，你

们真的处在危险中，并且相信这趟冒险事关生死。

因为只有在面对危险时，我们才会拼尽全力，才会

将大脑和身体的潜能最大限度地发挥出来。我要再

说一次，我相信这趟旅程对你们有极大的益处。我

---

① 英寸：英美制长度单位，1英寸＝2.54厘米。

相信你们都更了解彼此了，你们会发现，你们拥有相同的价值观，而且从此以后，你们会清楚如何帮助地面上那些人明白什么才是生命中真正重要的。你们的旅程到这里就结束了。我会带你们回到你们世界的入口。"

托比向地下王国的出口走去。跳跳、闪电球和英俊跟着他，还在为他们在这个奇特又美丽的世界所见的奇迹感到震惊。他们对在地下经历的一切心怀感激，也为接下来的事激动不已。在他们身后，鼹鼠们纷纷向他们挥手告别，英俊深深地鞠了一躬，像真正的绅士那样。三个伙伴按照进来时的顺序出去。他们这才发现，出口并不是一座火山，而是一个鼹丘。英俊最先钻出来，然后是闪电球，最后是跳跳。托比·石头心也把脑袋伸出了鼹丘，但只是为了向等在一旁的人问个好——还能有谁？当然是鸣呼！

"你好啊，我亲爱的朋友！"托比对鸣呼说道。

"你也好啊，托比！真高兴又见到你！"呜呼回应道。他用温暖的拥抱迎接了跳跳、闪电球和英俊。

"我真的很喜欢你这三个朋友！"托比又说，"我也会像你一样为他们感到骄傲的！你把他们送到我这儿时，我没想到他们是如此高尚的人！"

"我很清楚他们是什么样的人，但他们需要这趟旅程帮他们想起什么才是生命中最重要的。再次谢谢你收留了他们！帮助了他们！"

"我的荣幸，亲爱的朋友。我得回去了！"托比说。

"再见！"呜呼回复道。他看着白色鼹鼠的头消失在洞口，又回到那最深最黑的国度里去了。

然而托比很快又冒了出来："英俊！英俊先生！"

英俊吓了一跳。

"怎么？还有一个考验吗？"

托比差点笑岔气。

"不，不是，我就是有个小小的请求。我们的很多鼹鼠姑娘都很喜欢你的裙子。你可以为她们缝制几条吗？她们很爱穿连体裤，但并不介意和男孩们穿得不一样一点。你这种漂亮的青蛙绿色裙子十分亮眼，就连我们都能看见！"

"这绝对是我的荣幸！"英俊喜出望外地说，"我将打造最优雅的英俊威登高级定制裙！"

"谢谢你，等裙子做好了欢迎你再来看我们！再见！"

托比消失在鼹丘里。

呜呼转向跳跳、闪电球和英俊。他用温暖的目光注视着他们，说："我知道你们一定会以优异的表现通过所有考验。"

跳跳问道："亲爱的呜呼，请告诉我实情。这些都是你策划的吧？"

"是的，跳跳，你想得没错。我们见面后的那天晚上，我和托比一起在我的树洞里设计了这些测试。我很高兴我们这么做了，因为你们现在知道什么是必须做的了。"

"我想我们是知道了，呜呼。对吗，伙计们？"

"我们当然知道！"闪电球和英俊异口同声地答道。

接着他们三个一同宣布："我们要成为正能量偶像！"

第十九章

正能量偶像

第二天一大早，已经向整座森林证明了他的速度有多快的闪电球，准备发布自己的第一条视频了。这也是他要在面向全世界的网络上上传的第一条视频！他正坐在学校的图书馆里。他架好自己的手机，打开环形灯，从书架上拿出一本书，开始了拍摄：

"大家好！我叫闪电球，我是一只蜗牛，我想和你们说说这个世界上我最喜欢的东西：书籍和友谊。书籍是通往其他奇妙世界的大门，我邀请你们和我一起探索它们。我会持续发布视频，每期介绍一本书，我会朗读其中的一部分，这样我们会一起变得更聪明、更善良、更强大、更足智多谋。我向你们发起挑战：和我一起这么做！如果你喜欢一本书，请你用视频把这本书分享给所有人。这样不但会帮你的粉丝们懂得更多，也能让他们享受乐趣！书籍会带给我们更好、更富有的人生，我们的大脑也会在阅读中运转得更快！说不定比我——蜗牛闪电球的速度还快！今天先给大家推荐一本我喜欢的书，叫《友情编年史》。我想读给你们听的第一个故事叫《托比·石头心》。你们准备好了吗？这个故事是这样的……托比是一只老鼹鼠，他有着一颗宽广的心。可是有一天，他的家人在穿过地下通道回家时失踪了，他等了他们很久，把他的心等成了一颗石头……"

在离学校图书馆不远的地方，在闪电球录着他的文学视频的时候，一只火鸡穿着一条异常花哨的裙子，正准备录制他的第一条视频。他的身边环绕着各种鲜花、叶子、布料、线轴、丝带、毛衣针，以及图样。他固定好手机，点了录制键，然后开始说道：

"注意啦，注意啦，各位！请听我说。我是苏格兰火鸡王子麦克英俊，也是顶级的、迷人的、优雅的、才华横溢的时装设计师英俊威登！我必须承认，我确实很有天赋，能创造出最让人惊叹、最引人注目的衣服，时尚又现代。有型、优雅、有品位！还有，尽管听起来难以置信，但我想教你们怎么设计服装。免费！不过你们得先明白一件事……我们中有些人天生拥有得更多，而有些人天生拥有得少一些。那些拥有得更多的人应该多多帮助不那么幸运的人。你们如果有机会成为英俊威登的徒弟，就应该多考虑考虑那些穿不上衣服的人。那些衣不蔽体、难以抵御寒冷的人。我知道你们一定会时不时地捐献一些衣物给他们，也许还有玩具。没什么比冬日里一件暖和的外套更好了。也许你还可以为饥饿的人提供一点食物，或者对那些孤苦伶仃的人说几句关怀的话。你们一定知道言语可以造成很多伤害，但其实它们也可以治愈破碎的心。你们要努力去做好人、善良的人，这个世界会十倍地回报你们。现在，让我们开始第一堂课吧！在这个视频里我会教你们怎么缝制一条优雅又舒适的青蛙绿短裙！"

在森林里的某处，一个小小的巢里，一只证明了"不可能"只是一个词而已的小云雀也正准备拍摄她的第一条视频。她看着镜子里的自己，没有化任何妆，没有涂口红。她甚至没有背上她的翅膀。她就是她，朴实无华的她。她很紧张，但仍然保持着微笑。她转向平板电脑，按下录制键，然后说道：

"嘿，朋友们！我叫跳跳，我生来就没有翅膀，只有两条小短腿。这就是我真实的模样，但这并没有阻止我尽情地体验生活，去做我想做的事情。我确实经历过一段艰难的时光，但我挺过来了。我长大了。我在逆境中奋力拼搏，享受着迄今为止的每一刻。我曾经跌倒，但又站了起来，有时候……我甚至还飞了起来！如今我是一名三年级的小学生，我喜欢上学，还有很多好朋友，我爱他们，他们也爱我。很多事情单凭我一个人永远也无法做到！

"我学会了热爱生活，学会了弯腰去嗅每一朵花的芬芳，学会了大笑、绘画、阅读、玩耍，以及帮助所有需要帮助的人。帮助身边那些让我的内心感到温暖的人，已经成了我人生的意义。做一个慷慨的人很难，但它也会带给我们巨大的快乐。我希望能将我的经历传递给所有曾经感觉孤独、感觉世界在和自己作对、感觉因为自己的与众不同而不被理解和接受的人，传递给那些确实与众不同的人。我想对你们说：勇敢做自己！永远不要想着变成其他人，因为其他人是其他人，而你现在的样子，就是最好的！不管你是瘦小还是高大，是白色还是黑色，是强壮还是柔弱，你都有一颗美丽的心和一个了不起的灵魂。相信我，外表无关紧要。真正重要的是我们选择过怎样的人生，以及我们决定为身边的人带来什么。生命里最重要的事情就是不管多么艰难，永远不要放弃，享受每一次的成功带来的喜悦，不管它有多么微小。

　　"我会尽我所能在互联网上为大家服务。我会和你们分享我的故事，我会向你们介绍我的朋友。

但我更希望在我们热爱的这片森林里能够见到你们，面对面地，这样我们就能真正地相互认识，并且一起去做很多事情。亲爱的孩子们，请和朋友们一起走出家门，去阳光雨露里玩耍，感受风和枝叶的呢喃；与你的同学一起开怀大笑，拥抱你的父母，告诉他们你对他们的爱，即便他们已经知道了。尽可能多地付出你的爱吧，这样你就永远不会感到孤独。如果能为这个世界做些有价值的事，那就去做。只要我们一起，就能让这个世界变得更好！让我们一起成为正能量偶像！"

第二十章
世界重归美好

不久后，在森林里……

呜呼在他的办公桌后带着掩不住的笑容第二十五遍观看跳跳的视频。他那双橙色的大眼睛里满是喜悦的泪水，很快就顺着脸颊滑下来，落在他胸前那根领带形状的羽毛上。还有一些小小的泪珠滴落在他的肩膀上，那些泪珠来自蝗虫总，他站在呜呼的肩上，也在看视频。

"真四（是）个了不起的女孩，这么强大又聪明！"蝗虫总眼含热泪地评价道。

"这个世界上最强大的生命！"呜呼赞同地说，"我还能再点个赞吗？"

雪球同样喜欢跳跳的视频。谢天谢地，他感觉好多了，啄木鸟医生已经帮他把石膏拆掉了。山洞医院里所有的病人都在和雪球一起看他好朋友的视频。他们都感觉好多了，而且幸运的是，医院里没有再接收新的病患了。新出现的正能量偶像们似乎很快席卷了所有社交平台，因为他们会教他们的小粉丝们去做有益的和有用的事情。这座森林正在康复。

在一个适合大鸟居住的巢里，三个鼹鼠姑娘阿玛蒂、可可·弗奈尔和杜嘉巴娜正在缝制美丽优雅的青蛙绿短裙。当然，是在她们导师的指导下！英俊十分高兴，他自豪地抖动着羽毛，大摇大摆地在房间里走来走去，监督着助手们的工作。他为他的小学徒们感到骄傲，他觉得自己马上就要从巢里冲出去了。

"亲爱的，你们真是太幸运、太荣幸了，居然可以跟像我这样完美的人学习时尚知识。学习'格调'。我知道，你们一想到成了英俊威登时尚学院的第一批学生就心中狂喜！我亲自从数百只想要成为像我一样伟大的设计师的鼹鼠中选中了你们！我觉得你们拥有无限的潜力，而且，谁知道呢，或许因为我，你们的名字会成为著名的奢侈品牌！不过，请记住：不要通过封面来判断一本书，也不要通过穿着来判断一个人！或者一只火鸡、一只鼹鼠，或者其他随便什么。朴素的装扮也能成为时尚宣言，只要穿着它们的人内心善良，就会散发光芒！还有，一定要谦逊，谦逊也会让人发光，这是自然的！"

　　在一个不大但很舒适的洞穴里，棕熊帕迪正在听闪电球读故事。他沉浸其中，完全无法相信这就是那只在他上上上次冬眠之前要和他决斗的蜗牛。他很高兴自己明智地没有接受那个邀约。因为如果他那么做了，这座森林就会少一个如此会讲故事的人。帕迪哼着小曲走到他最新打造的家庭图书馆前。自从关注了闪电球的账号，帕迪就开始不断地往书架上添书。他小心翼翼地拿起一本地下王国出版社的鼹鼠们最新出版的书。这本书卖得非常好，森林里人人都说它是根据真实事件写的。帕迪很喜欢封面上绘制精美的主角图案。他随手翻了几页，露出了微笑，随后摇摇晃晃地走出洞穴，心想有了这些书，冬眠的日子一定会比往常有趣得多。毕竟，伟大的故事会让我们拥有更美好的梦！帕迪来到洞穴附近的一片空地，看到很多雏鸟和幼兽们正一起愉快地玩耍。他在一个树桩上坐下，问道："孩子们，你们想听故事吗？"

"好啊好啊！"孩子们兴奋地回答，很快便围着他坐了下来。

"那好……"帕迪说，"我要给你们讲一个了不起的故事。或许是最了不起的故事。准备好了吗？"

"准——备——好——了！"孩子们齐声回答。

于是帕迪翻开手里的书，蓝色的封面上印着书名：

小云雀跳跳："不可能"只是一个词而已。